摇摆

ゆれる

〔日〕西川美和 著
崔健 译

北京出版集团公司
北京十月文艺出版社

新经典文化股份有限公司
www.readinglife.com
出　品

摇摆

目 录

第一章

早川猛的叙述

其实我去看过母亲一次，没有人知道这件事。

我推开门，在陌生人的床位之间看到了母亲的病床。

母亲从洗脸盆里抬起头，看到了呆若木鸡的我。一瞬间，不同于呕吐时的窒息感的另一种红晕浮上她的脸颊。她故作无事地对我笑了笑，以为能蒙混过关。

印象中母亲只有在支撑不住的时候才会那样对我笑，我从小就是看着那种笑容长大的。

亮橙色的脏东西静静地沉淀到淡蓝色的洗脸盆盆底，真是奇妙的色彩对比，我被深深地吸引了。

母亲看到我全神贯注的样子，笑着说道：“不知怎么的，现在只觉得胡萝卜好吃，我成兔子了。”

我想起祖父曾经有段时间也只爱吃西瓜，当时我还觉得他像独角仙。在那以后没多久，他就去世了。

我因工作去了加拿大偏远的乡村。当地负责协调的女员工告诉我，加拿大产的冰酒是从冻结的葡萄中逐一挑选出来酿造而成的琼浆，非常珍贵，像糖浆一般甘甜，还说“就算不胜酒力的人也能尽情享用”。工作顺利结束后，我乘兴喝了好几杯，没想到喝完后浑身燥热无比，直接在那个女员工家住了下来，连酒店都没回，因此没能见母亲最后一面。当我醉醺醺的时候，母亲化作烟尘和天空融为了一体。

这都是一年前的事了。

昨天的摄影工作一直持续到了拂晓时分，我通宵没有休息，眼睛完全适应不了透过风挡玻璃射进来的阳光。

外出游玩的人们举家出行，驱车行驶在高速公路上。今天是人人都感到快乐的假日。

就算是东京，开着车行驶几十分钟后，也完全看不到都市的景致了，连绵不绝的茂密山麓和与世无争的田园景色仿佛从古到今都没发生过改变。我不知道面对此情此景，人的内心是否会涌起一阵乡愁。一切仿佛都在倒转，我有一种好不容易到手的东西就要被夺走的感觉，浑身哆嗦起来，打了一个冷战。阔别已久的窒息感重新袭上心头。不能再胡思乱想，该从下一个出口下高速了。

驶离高速，进入我从小长大的小镇，被人遗忘的风景像上了年纪的老人一般静静伫立。

我以前常去的一家塑料模型店的橱窗里堆满了没开封的廉价商品，挡住了入口处的百叶窗，连同整个店一起落满了尘埃。

曾经被空罐子和生活废水污染了的小河，一度是我们小孩子争着抢着捕获猎物的战场，如今污染不再，清澈的河水哗哗流淌，也没有孩子们来这里玩乐了。

一群骑着锃亮自行车的小学生发出稚嫩的喊声，从眼前的斑马线上穿行而过。他们要去哪里？我像他们这么大的时候是不是也这么幼稚？

又不行了吗？燃油表指针显示油量不足。我当时一眼就看中了这辆一九六四年款的福特旅行车，明知它驾乘体验不尽如人意，但还是买了下来。美国一味生产这种油耗高的车，总有一天会陷入油荒。

唉，终究还是在最讨厌的地方抛锚了。

通往我老家的单行道上只有一家加油站——早川加油站，是以我的姓氏命名的，哦，不，是父亲的姓氏。

家人不在这里，都在家做法事，一想到随后要见他们，我就高兴不起来。

我让打零工的黄头发男子帮我把油箱加满，面对着这个陌生男子，我有种奇怪的疏离感。

早川加油站坚持独立经营，不愿被大型公司收购，装潢显得很土气，有种摇摇欲坠的惨淡感。打开车窗，一股汽油味扑鼻而来，真受不了！父亲身上就是这个味道。我把车窗又关了起来。

一个穿着工作服的女子出现在风挡玻璃前，画圆似的擦拭着玻璃，胸部晃来晃去。廉价的粉底与她的肤色并不相称，和皮肤自带的油脂混合在一起，显得一片浑浊。紧绷的面部扭曲着，很丑。

这个人是智惠子。

我下意识地扶了扶架在脸上的太阳镜，避免与她视线交会，然后动作迅速地和黄头发男子结了账，没等智惠子擦完玻璃就换挡起步了。

发动机的轰鸣声吓了她一跳，她慌忙躲闪到一边。

不知道她是否注意到了我。后视镜里，她卑微地弯腰致谢的身影越来越小。

或许她一直在等我回来？难道她赌上了一个不知何时才能兑现、甚至都算不上约定的期望？不不不，怎么可能！我自己都觉得这种想法太荒谬了。我告诉自己，我们只不过是在小镇上偶遇了而已，但还是不禁感到一丝寒意。我离开小镇已经十多年了，这些年根本从来没有想起过她。

回到家的时候，太阳已经高悬头顶了。门口冰冷潮湿的泥地上，摆放着人们脱下来的黑色皮鞋，像一大群厚壳昆虫。屋子里鸦雀无声，听不见诵经的声音。我回来得太不是时候了。

我穿过走廊，打开推拉门。佛龛前宽敞的榻榻米上坐着许多身穿黑色西服的人，他们齐刷刷地扭过头来看着我。头顶寸草不生的住持也中断了诵经。

就是这种眼神。它们默默无言地像针尖一般刺入我的毛孔深处，纠缠不休，满怀恶意。母亲就是畏于这种消极的暴力，才可怜地把僵硬的身体藏在黑暗中，过着像蛆一般的人生。无论是看的人还是被看的人，都是蛆。

大家好。没错，我就是这个家厚颜无耻的小儿子。我不孝，没回来参加母亲的葬礼，就连今天的一周年忌日都迟到了，还穿着一身大红色的衣服。

“嘿，猛！”

像门神一般站在门口的我往里一瞥，只见跪拜在房间一角的哥哥正招手叫我过去。我似乎终于融入了氛围，住持继续诵起了经。哥哥看我拿着今天早上匆匆忙忙扔进车里的西服，边说着“没关系”边把我拉到座席上。

大概两个月前，事务所采编大庭皱起修剪精致的眉毛，用手遮住话筒，回头惊讶地对我说道："是个自称你哥哥的人……"

我从大庭手里接过电话，一个男人为难、紧张又兴奋的声音从听筒里传来。他首先为冒昧打电话到我的事务所反复道歉，然后又解释没想到是个年轻女子接的电话，一时间慌了手脚。我还没怎么听明白，他又开始询问我近来过得怎样。

没错，是我哥哥。

一旁的大庭脸色急转直下，马上对我不理不睬，似乎为不知道我有一个哥哥而不悦。我完全理解不了她的自尊心。不过，我居然没告诉过她我有哥哥这件事吗，还是我告诉的人并不是她？

"老爸很在意，你抽空回来一趟吧。"哥哥担心我工作忙，特意提前通知我什么时候会举办法事，给我留出了充足的时间。

母亲的葬礼结束后，我才终于从加拿大的酒店打电话回家。不幸的是，接电话的人是父亲，我们大吵了一架。父亲数落了一番我的工作，我回击道"你现在生气只不过是因为在别人面前出丑了"，还说"瞧不起亲生儿子的工作，脑袋简直有问题"。父亲又说："因为你和女人鬼混，才没有及时收到你母亲去世的消息。”我没有办法反驳。最终我们不欢而散，关于悼念母亲的话，我们一句都没有说。

从那以后我就一直没和父亲通过话。哥哥知道我的手机号码，打来过几次，但我从来没有接过。不过他似乎完全不介意，面对吞吞吐吐、连句回复都惜字如金的我，他只是不停说着“没关系”，就像照看孩子的老婆婆说话时的语气一般。

坐垫有些温热。我向后看了看，低声说了句“不好意思”。

哥哥冲我笑了笑，丝线般的笑纹在他的眼角形成深深的沟壑。

我直起身看向前方，被熏黑的房梁下方挂着母亲的照片，照片上的母亲正呆呆地俯视着像绵羊一般静静聆听诵经的来客们。她的照片和祖先们的照片摆在一起，怎么会挂在那么奇怪的地方？哦，对，母亲已经不在人世了。

这个一脸虔诚的大叔究竟是我的什么人？他身上有一股刺鼻的男性化妆品的味道，酒臭味从一口黄牙的间隙里缓缓飘出，他隔着近得快要接吻的距离朝我靠过来，奇怪的味道迎面扑来，让我恶心得想吐。

“就因为你在摄影圈，我开始关注起摄影这门艺术了。

电视上播放过摄影记者罗伯特·卡帕的节目，他那种生活方式和将生命奉献给战地的精神实在太让我感动了。我也很憧憬那样的生活。不过那种人太厉害了，所谓的一流摄影大师就是那样吧？小猛，你也了不得啊，一定很受欢迎吧？你认识很多帅哥美女吧？你不是还给人拍裸体照吗？拍照时多少会有些尴尬吧……”大叔不停地唠叨着。

我不擅长应付这些，表面上尽量迎合，心里却觉得麻烦极了，希望他能停下来。虽不擅长应付，倒也没有不开心。他向往的东西是如此单纯，艳羡的东西又是这么庸俗，他只是个善良的普通人。如果我对他的一番热情表现出回避、不屑一顾的冷漠态度，感到受了冷遇和不愉快的人是他吧？我不确定了，他能感受到吗？总之我尽力了。如果面对我这种微弱的优越感，他能表现出些许甚至连他自己都察觉不到的、足以对我造成一点伤害的情绪，我反而好受些。

真正麻烦的事情还在后面。

来我家的宾客围着父亲呈U形坐着，这个大叔越说越兴奋，向我父亲喊道：“哥哥啊，你家小猛真优秀！太优秀了！”席间一片喧闹，父亲正和身旁的住持聊得起劲，似乎没有听到大叔的话。我努力编造给女性拍裸体照片的话题，试图转移大叔的注意力，想在父亲回过神之前让他安静下来。

我背井离乡、背负着“不孝子”和“自私鬼”的骂名换来的所谓成功，在父亲看来或许只是“和恶魔的交易”。多年来，他体内一直有一股没有完全升腾起来的怒火，随着我们之间距离的缩短，这股怒火已经爆发在即，这个时候千万别再火上浇油了。不仅我这样想，或许这也是父亲内心的写照。但是大叔仍旧纠缠不休地朝父亲大喊，宛如一条唾沫横飞、失去控制的狗，只知道狂吠。

住持不再说话，朝我们这边看过来，父亲也不得不看向大叔。一瞬间大叔开始像决堤的洪水般不停恭维我，对此父亲佯作笑颜。

看到父亲的眼神，我确信从大叔开始喊起，不，甚至在那之前，父亲就一直在听我们的对话。他体内的怒火早已熊熊燃烧，面对像孩子般聒噪的大叔，他忍耐着，敷衍着，但我知道他的情绪已经缓缓地一路爬坡，到达了顶峰。

“你看，你看看我老婆的遗像。”父亲仰了仰头，用下巴示意大叔看一下母亲的黑白遗像，“这遗像是我放大她在町内会上和别人一起捣年糕的合照后得来的，脸以下的部分是请殡仪馆师傅合成的。寒酸吧？儿子干摄影这一行，他老妈却连一张像样的照片都没有。想想真可怜啊。”

遗像上的母亲仍在憨笑。因为是由一张小照片强行放大的，焦点模糊，显得很怪异，母亲瘦削的脸和后来合成的部分极不匹配。这张遗像的身体一看就是别人的，穿的应该是殡仪馆经常使用的丧服，而顶部的空缺被母亲的脸硬生生地补满了。合成照片上的母亲老态毕现。

“有什么事情能忙到那种程度？什么事情能让你连你母亲的葬礼都参加不了？还说什么是因为工作……我觉得根本就没那种事！”父亲的话震耳欲聋，把走廊上的一扇薄玻璃震得哗啦直响。

训斥别人的人简直傻透了。

前几年我还在摄影棚里给人打杂的时候，经常被人训斥。年长的同事似乎认为被大声臭骂是“人生必修课”。对于从小在父亲的暴风骤雨中长大的我来说，训斥只是背景音乐。训斥带来的震慑力层层递减，到了我耳朵里时，我只把它当作代表人类愤怒的琴弦而已，不觉得那种冠冕堂皇的“必修课”有什么意义。面对大声训斥，我从不沮丧，也不会觉得不舒服，只是一如既往地冷漠。

一天，摄影棚的经理对我说：“现在的年轻人都不可靠，稍一被训就辞职。只有你不一样，顽强不屈，是个很有前途的人。”

简直是一派胡言。没多久，我辞掉了那份工作。

我讨厌训斥，也讨厌被人训斥，简直讨厌极了。

"你也能拍啊，拍一张照片而已，现在这个时代弄一台像样的照相机又不是什么难事。"我任性地说道，已经不知道自己在干什么。

父亲怒目圆睁地瞪着我，双眼充满血丝。

我的脑袋尤其是太阳穴燥热不已，隐约听到一旁的大叔在试图安抚我。

"还说我妈'真可怜'，当然了，几十年如一日在这种积满灰尘、充斥着汽油味的家里从早忙到晚，不可怜才怪！"

一直说说笑笑、喧闹不已的宾客们都停了下来。我这才意识到不知不觉间自己的声音已经大了起来。

"大概我的工作给你添麻烦了。你啰唆这么多，总归就是觉得我对你、对家里的加油站没有出力，你还得养我这么一个闲人，所以一直心怀不满吧？"

啪的一声，父亲踢翻了面前的小饭桌。就在这时，黑色的幕布在我眼前缓缓拉上，一切都结束了。

"好了好了，老爸你别生气了。猛啊，你说的我都知道，不要再说了。住持，法事的事情就有劳你了。"哥哥牢牢按住脸颊涨得通红、上气不接下气、仍在骂骂咧咧的父亲。

记忆中的哥哥从小体弱多病，在父母的呵护下长大，此刻竟然制伏了坚如磐石的父亲。是父亲老了吗？

哥哥为难地皱起眉头，宽慰着我，委婉地规劝着父亲，哄逗着亲戚家被吓坏的孩子。在他的引导下，尴尬的平静被打破，四周又慢慢响起嘈杂的聊天声。

父亲不再看我，低头沉默不语。住持跟他打趣道："真羡慕你还能跟儿子吵吵架，我儿子都不怎么理我，反而是儿媳妇有时还能听我发几句牢骚。"

"天天在一起生活，这都是免不了的事。在老爸跟前我天天都提心吊胆的。"哥哥的一番话惹来一阵笑声。父亲难为情地缩了缩头。

一切都恢复了正常，哥哥一边忙着缓和气氛，一边趴在地上收拾撒了一地的饭菜。桌子上的酒壶被掀翻了，酒从倾斜的壶口一滴滴流出，滴到了哥哥的裤腿上。

哥哥感觉不到那份冰凉和不适吗？或者毋宁说经常背负着不适生活对他来说才是理所当然的？他为什么不大叫着躲避，在擦地板前先擦擦自己的腿？不大喊大叫、不躲开、最后吃个大亏，这种似乎是从母亲身上继承来的、类似于"耐性"的东西令我焦躁不已。

被别人惹的麻烦影响到时，他从来不抱怨，不光如此，更滑稽的是，他还会噘起嘴将苦水呼噜呼噜地吮吸进去。我每次看到这种不堪的姿态，就会浑身发冷，但是哥哥完全意识不到他的行为。别人提醒他裤子都湿透了，他一副没有注意到的模样，不紧不慢地回忆着似乎是很久以前发生的事，然后才意识到裤子湿透了。断断续续滴下来的酒，看上去像是将哥哥的腿缠起来的枷锁。吧嗒吧嗒、哗啦哗啦，一点一滴无休无止地落下来。被打湿的地方越来越大，最后会把肉都腐蚀掉吧！我不想再看下去。

哥哥自读高中起，就开始代替身体每况愈下的祖父，在加油站帮忙。祖父过世后，哥哥也毕业了，没人问过他想做什么，他也从来没有说起，顺理成章地待在了加油站。

有时打零工的人没来，父亲会让我去加油站帮忙，但那时读高中的我直接回绝道："我才不去！我有想做的事，我已经决定了。"其实哪有什么决定了的事，我压根就没考虑过将来，不过我倒是有"不想做的事"，那就是决不留在这个地方，决不留在加油站工作。我那时根本不懂什么摄影，只不过是随便找了一个理由罢了，把摄影换成其他也一样。我那时只想着要做那种不太辛苦、一个人就能做得、很酷的行当。

自然，我父亲因此大发雷霆，不过他从没有说服我留下。他没有向我低头，没有摆出老好人的样子，也没有找我的麻烦，只是从那以后就将我视若无物了。我自是求之不得，顺顺利利地去了东京的摄影学校上学。哥哥当时不停地笑着说"摄影太酷了"。

只因为出生得比我早，哥哥就必须背负起一切烦琐的事，但他从来没有质疑过，这让我觉得不可思议。哥哥还是孩子时，曾在某球场见过长岛茂雄一次，那时候他说要去东京亲眼再看长岛茂雄打一次球，不过后来一次都没去东京找过我。哥哥还没来得及去东京，长岛茂雄就退役了。

母亲很介怀我和父亲决裂一事，一直无法释怀。对此我的回击是："我之所以觉得待在这里没有好下场，就是因为看到了你这一生。"母亲无言以对，只能羞愧尴尬地笑笑。我拒绝接受一切生活补贴和其他东西，母亲更不好受了，样子非常沮丧。

不过我误打误撞选了摄影这一行，契机可能是上中学时有一次从母亲娘家拿回了一台老式禄来双反相机。那是母亲婚前玩的东西，我觉得很好看，就直接拿回了家。没有想到我居然会摆弄相机。母亲教我布朗尼式胶卷的填装方法，滔滔不绝地说着一些我从没听说过的英文专有名词。

"当时我去旅行，火车晃晃荡荡个不停，我只能趴在桌子上，就在那时拍下了迎面而来的火车头。两列车交会时的声音太大了，强风吹过，哗啦一下把草丛整个吹翻了。"母亲说道，脸上洋溢着我从没有见过的表情。

我没有什么耐心，对那台老式禄来双反相机的兴奋并没有持续太长时间，没多久它就被我放在卧室搁置起来，一直到离开家前我才把它从一堆灰尘里拽出来。

“我把这个拿走了。”

母亲听到我的话后，第一次放声大哭起来。

宾客基本都走了，大厅显得越发空旷，我无所适从，于是去了储藏室，在母亲的梳妆台旁坐了下来。

梳妆台下藏着一个宝物，被灰尘隐秘地遮盖住了。

那是一台八毫米胶片放映机，其上刻着“FUJICASCOPE · SH9”的字样,应该是二十世纪六十年代后期的日本制产品。虽然机体粗糙，色泽黯淡，样子也死板，但我还是从它身上清晰地看到了足以与那台禄来双反相机匹敌的美。

不经意间抬起头，哥哥正一边麻利地给法事善后收拾东西，一边用头和肩夹着手机示意我：我们开车去加油站，拜托你了。

我点点头。哥哥和手机那头的人正在说话，好像发生了一点状况。他的声音里充满不容置疑的霸气，让人感觉很可靠，似乎在说：“世界上的麻烦事都交给我去处理吧！”

“智惠子，那就麻烦你先给他上些茶水之类的吧。”说着他挂断了电话。

噢，难不成哥哥喜欢智惠子？我暗忖。

难得看到哥哥一时兴起喝得微醺话多的样子。他从门框处轻轻搬起一摞小饭桌，来到我身边，把它们一一放到橱柜里整理好，然后突然停下手中的活，看着我说道："哦，对了，刚才和我打电话的人是智惠子。川端家的智惠子，就是河那头的川端家。"

我没有回应。

"她现在在咱们家的加油站工作，今年有四年了。"

"知道。"我慢半拍地敷衍道。

"咦，你已经知道了？"

"嗯，回来的路上加油时碰到的。"

"你们见过了？你早就知道？"

"并没有，她看着倒像是打零工的阿姨。"

"说什么呢！她比你小。"

哥哥笑了，我也笑着应付过去。

"她之前上班的公司倒闭了，公司社长逃跑了，赶上经济最不景气的时候。她妈妈来找老爸，老爸就让她过来了。那时候正好老妈身体也不好，正缺人手。她现在什么活都干得来，真是个好帮手。"

"而且哥哥也该找个媳妇成家了。"

哥哥忙着收拾的手突然僵住了，耳朵像发烧一般变得通红。"说什么呢！"

"老爸是这样打算的吧？"

“你小子可别对她说这种话啊，她可是个老实姑娘。”

“哼。”我嗤笑一声，暗想，什么“老实姑娘”，你们根本不知道我和她之间的事就雇了她。

“对了，那是老妈的遗物，给你了。”哥哥注意到我手中的放映机，将话锋转向了我。

“这是老妈的吗？”

“咦，你不记得了吗？我想着你小子想要这类东西，就给你留下了。”

“美得无法忍受，真不错。设计精良，有些粗犷，产自日本制造最辉煌的时候。”

“你小子和老妈说的话一模一样。”哥哥说着，使劲踮了踮脚尖，从橱柜顶端取下一个装有东西的纸袋。

袋子里装满了边长七八厘米的小方盒子，盒子里装的是八毫米胶片，每个盒子上都有母亲写的标记：“猛·一岁生日”“稔·幼儿园毕业仪式”“秋季抬轿子活动”“猛·咔嚓咔嚓山”“七夕节”……我们一一拿起来，认真读着盒子上边的字。这些字有的是用签字笔写的，有的是用红色铅笔写的。

“完全不知道是什么意思，‘咔嚓咔嚓山’的故事我完全不知道啊。”

“是吗？偶尔可以拿出来看看……‘莲美溪谷的回忆’，

哇，就连莲美溪谷都有！”

“什么嘛？”

“咱们以前经常去那里啊，真让人怀念。”

莲美溪谷若隐若现地浮现在我的脑海。那里的河水很深，似乎将山的颜色都吸入其中。遥远而凉爽的空气带来的感触复苏了。

“对了，明天咱们一起去吧？智惠子明天应该也休息。”

“啊？”

“这个季节去最好了，我们去兜兜风吧！”

“我不去了，你们两个人去吧，我今天就回去了。”

“别着急回去嘛，好不容易回来一趟，我们再去钓虹鳟吧，虹鳟！”

“虹鳟？”

“以前老爸不是钓过那种鱼，还烤给咱们吃过吗？”

“老爸？没印象。我当时不在吧？”

“瞎说！你小子也吃了呢。”

“我没吃过。老爸从没带我出去过，那肯定是我出生以前的事。”

“你小子都不记得了，脑袋被东京的气体搅浑了吗？”

“才没搅浑，还什么‘东京的气体’，信口胡说。”

“一起去吧，好吗？那里风景很美，还能净化心灵，让你拍出好看的照片。”

“哥哥你真啰嗦啊。”

闲聊间，哥哥衣服口袋里响起了流行音乐的来电铃声。加油站那边似乎遇到了麻烦。

我让哥哥坐在副驾驶席上，开着车行驶在小镇。太阳快要落山了。哥哥兴致勃勃地说着无聊幼稚的笑话，一直笑个不停，似乎已经把一小时前的骚动忘得一干二净了。纵然他讲的笑话不怎么好笑，我也笑了。

哥哥提到的人全都是我记忆角落里若有若无的人，对我来说是古老神话传说里上了年纪的人，却活在哥哥当下的生活中，着实让我觉得不可思议。

透过车窗可以看到远在天际的晚霞，漂亮极了。小时候每当看到这样的风景，我就莫名觉得惴惴不安，只想赶快回家，不过想回的自然不是那个脏兮兮的老家，也不可能是东京的公寓。我不知道要去哪里，但是想回去的想法却怎么也挥之不去。哥哥无休无止的笑话温柔地触碰着我的耳畔。

“他简直无所事事到极点了，经常来加油站捣乱。稔也是的，要是不理他就好了。”

我从加油站办公室远远地看着外面的争执，打零工的黄头发男子身穿花哨的丝卡将[1]，殷勤地和我搭着话。

空地中央停着一辆国产高级轿车，身穿刺眼大红色运动衫的“无所事事”的顾客一手指向那辆车，一手挠着乱蓬蓬的头顶，时断时续阴阳怪气地尖叫。

大浪来临时，哥哥深深地低下头去，潜入了海底。

打零工的男子取下带有油渍的毛巾，抱怨着那个顾客怎么都不肯走，在我对面坐了下来。“我试用期过后没有转正，就是因为曾和那个顾客发生过争执。我没主动惹他，但他一直不依不饶，我一下子火气就冒上来了。”

“你动手了吗？”

“那倒没有，不过惹得稔生气了。那次还挺险的。”

“生气的人难道不是我爸？”

“是稔。”

“哥哥还会生气？”

“当然会生气了。”

“是吗？他生气时是什么样子？”

“嗯？什么样子……”

---

①一种刺绣夹克，背部多绣有富士山、龙、虎等华丽的图案。起初多卖给第二次世界大战后对日本文化感兴趣的驻日美军，后来在日本年轻人中广受欢迎。

“会大喊大叫吗？”

“不，不会那样。”

“会打人吗？”

“当然不会了！他会打你这个弟弟吗？”

“会啊，我经常挨揍。”

“你瞎说！不是真的吧？”

“他经常揍得我鼻青脸肿的。你也小心点吧。”

“瞎说。”他边笑边狠狠地戳了我一下，露出来的门牙格外洁白，“有些不好形容。他没有提高声调说话，也没有死揪着问题不放，而是平心静气地讲道理。也怪，我突然觉得好像做错事了，就低头了。我身边没有稔这种人，都是动不动就动手的家伙，能打得对方肚子疼得死去活来。”

“用手吗？有机会让我也见识见识你的铁拳。”

“你很有意思啊。”他爽朗地大笑着，笑声中还留有一点少年特有的高亢。

外边响起引擎的声音。哥哥目送汽车扬长而去，头低得快碰到地上了。智惠子站在他的身后。

打零工的男子拿起放在地上的头盔，突然一改刚才的模样，认真地低头对我说道：“我叫洋平，承蒙照顾了。”然后离开了办公室。

玻璃窗外，了结了一桩事情的哥哥表情渐渐放松，和智惠子聊着什么，就像是在慰劳留守在家忍受苦难的妻子。

刚才我把哥哥送到加油站时，智惠子看到了我，却没有露出一丝示好的微笑。她就像一条被主人养了很久的小狗，缠着哥哥让他帮忙处理棘手的事。现在她又像刚才一样突然贴近哥哥，黏了上去和他聊天。她将哥哥的紧张情绪一扫而空，一会儿说说自己，一会儿又开开玩笑，逗哥哥开心。现在的她不是我认识的那个又胆小又笨的家伙。

迟钝的女人！你看看哥哥，你知不知道和他离这么近说话，会让他每晚都做怎样的梦？

或许她在故意讽刺我、报复我？

骑着摩托车的洋平不由分说地闯入哥哥和智惠子二人之间，像水一样融入其中。原来这里已经是哥哥的王国，女人也好，镶着洁白门牙的小鬼也好，这些本来我以为和哥哥相距很远的人，在哥哥的王国里对他俯首称臣。擦得锃亮的玻璃形成的墙壁，早已成为我和哥哥之间的隔阂。

我对哥哥绝没有丝毫不服气或看不起的意思，只是觉得内疚。尽管如此，我还是希望在某些方面他能永远羡慕我，注视着闪闪发光的我。不过哥哥已经建起一个符合他尺寸的大本营，并在其中心满意足地安宁度日，根本一点都不羡慕我。他已经看不到我了。

一阵类似于电流的物质在我的血管中游走，身体好像小便时一样抖了一下。我暗暗打赌，只要数到五，哥哥就会看到我并朝我微笑……

只要数到十……只要数到二十……

但是哥哥始终没有看向我。

“智惠子，可以下班了。”哥哥说道。

智惠子听到后急忙微微点头行礼，然后去办公室最里面换衣服了。我也缓缓地站了起来。

哥哥谢过我后说了一句：“你也先回去吧。”

“要不我开车把智惠子送回家吧？”

“哦，对了，她搬到商业区了，现在一个人住。”

“正好我肚子也饿了，我带她随便吃点东西就回去。”

“也行，那就拜托你了。”哥哥取出钱包，抽出一张一万日元面值的钞票，一言不发地塞到我裤子后面的口袋里。

“我也挣钱呢。”说着，我把钱递过去。

“也是啊。”哥哥笑着说道，却没接过钱。

我知道这很无聊，但还是对智惠子发出了邀请，迈出了第一步。没想到智惠子很爽快地就答应了，事情进展得很顺利。话说出口我才暗暗懊恼不已，心想，这下可糟了。

智惠子看我想离开，把手搭在我的后背上，微微用了些力。于是我抱着她，抚摩她的头发，对她微笑。对我来说这些行为没有任何意义，但贴在我胸前的智惠子一脸满足的表情。看着她，我的心底没有一丝波澜。和已经断绝关系十多年的女人上床，不代表就死灰复燃了吧？但很不幸的是，眼前的智惠子不这样想，她显然等这一天等了很久了，脸上的表情说明了一切。

猛，好久不见，好怀念那时候啊，我们做爱吧！——如果她是这种类型的女孩，我倒还好受一些。不，要是这样，我就不会向她发出邀请。明明更容易得手的类型，反而让人不想去争取，这是怎么回事呢？

我现在不想考虑哥哥。智惠子家里的钟表指针马上就要指向九点半了，我得赶快回去了。我正想着在她这里冲个澡，把身上的味道洗去，再去哪里吃点东西，突然她开口了："猛，明天去莲美溪谷吗？"

刚才她坐我车回来的一路上，明明一直小心翼翼地使用敬语，甚至都没直呼过我的名字。

"去吧，这样就不会引起他怀疑了。"

确实如此，我也是这样想的。但智惠子在我面前表现得像一个共犯，这让我心烦意乱。

"稔经常紧张兮兮的。"智惠子嘻嘻笑着说道。她嘲笑我哥哥时的表情看上去十分丑陋。

打开玄关的门，家里一片漆黑，这是我从小长大的地方。小时候我坚信在这片黑暗的更深处，有某种不是人类的东西在屏息凝神。它深不可测，似乎必须藏起来才行，这让我很害怕。为了不惊扰它、不惹它生气，在这个家里过夜时我总是静悄悄的。

推拉门关着，客厅里的光从门缝里透出，我被吸引着向那边走去。

跪坐在客厅中央的哥哥弓着背，背部没有多余的脂肪，此刻正在整理洗好的衣服。他娴熟地叠着男款贴身内衣，再整整齐齐地放到膝盖上，叠衣服的方法和母亲一模一样。

我用整个身体的力量打开推拉门。哥哥注意到了我。

站在黑暗中的我像被什么催促着似的，喋喋不休地说着小镇变样了、开了些什么店这种无关紧要的话题。

哥哥静静地笑着，仍在叠衣服。

“我们想找个店去吃饭，可是没有合适的店。”

“我想也是。大多都是连锁居酒屋。”

“哦，对、对……最后……”

“智惠子挺黏人的吧？”哥哥背对着我说道。

脊背袭来一阵凉意。我浑身僵硬起来，不敢大声呼吸。

“她喝酒后就是那样。”哥哥接着说道。

我的心还悬着，措辞慎重起来。“是吗？她挺能喝的，真看不出来。和她在一起我有些别扭，毕竟我不怎么擅长和人相处。”我笑得云淡风轻，腋窝已经湿成一片。

哥哥点点头，轻轻笑了。“洗过澡了吗？”

“没有，这就去。”

“嗯，去吧，就剩下你没洗了。”

哥哥话里的音节静静地、稳稳地渗入我的皮肤和内脏。我关上推拉门的时候，又观察了一次哥哥的背部。是像女人一样的背部。我突然对一切感到异常悲伤。我想将今天以前发生的事，还有今天的事都告诉哥哥，向他道歉。我想请求他的原谅。

我呆呆伫立着，他又回头往我这里看了一眼。

再次开口，我却在感谢他把我叫回来参加母亲一周年忌日。我用还不及小孩子的拙劣话语道谢，哥哥看着结结巴巴的我，眼睛眯成一条缝，再次笑了起来。

门关上了，机会再也不会出现了。如影随形的黑暗再次降临，将我的身体吞噬。

第二章

川端智惠子的叙述

猛很帅气，在我看来光彩夺目。

洋平打开车门递上找回的零钱时，我听到了猛回应的声音，虽然只有短短的一瞬间。他的声音爽朗好听，我快活得仿佛心底有个小球滚动了起来。

我吓了一跳，从头到脚燥热不已，但并非因为激动，而是我身上有油渍，难看极了。我害怕这样的自己被他看到。

我不知道猛有没有看到我，没过多久车子就开走了。应该没有看到我，他一定想都没想过我会在他家的加油站工作。反正他下车的时候，看上去像是没有留意到我。

不过，如果猛看到了我而装作不认识扬长而去也不足为奇，因为记忆里的他就是这样的人。

有一条小河流经这座小镇，而我就出生于河边的一户人家。我的父亲是货车司机，我刚上小学没多久他就不和我们一起住了，所以记忆中基本上没有他工作时的样子。而后来我们没有再和他联系，也没有类似收到生活费这样的事情发生。母亲一如既往地在镇上的豆腐作坊工作，独自把我抚养长大。

父亲在外边有别的女人——直到很多年以后，母亲才对我提起这件事。不光是我，周围的人也都一直不知道这件事。母亲没有改回原有的姓氏，也没有搬离河边的出租屋，再加上本来父亲就经常不在家，所以在不可思议的漫长岁月里，街坊四邻似乎也没发现我家的变故。在我们这种闭塞又守旧的小镇上，丈夫和别的女人离家出走是家丑，如果被别人知道，不知会掀起多大的波浪。母亲很害怕这样的事情发生，一直装作什么事都没发生，天天等着父亲，为了防止我把秘密泄露出去，还对年幼的我隐瞒了真相。

只是父亲一直都没有再回来。几个夏天过去了，几个冬天过去了，我不再抱怨“父亲在外面工作的时间好长”。我什么都没说，但慢慢知道了真相。

父亲出轨这件事，母亲第一个告诉的人是早川阿姨。早川家建在河对岸的一角，房子在整个镇子上都算是很古旧的。他们家有两个比我大的哥哥，一个叫稔，一个叫猛，偶尔镇上举办活动的时候会见到他们俩。我们的家长都有工作，放学后我经常和年龄相仿的猛一起待在托管班。

猛从小就长得帅气，个子也高，是那种一眼望过去就特别显眼的男孩。他说话没有顾忌，只要是他想要的玩具，不管对方是要好的伙伴还是比他大的孩子，他都会一把夺过来。遇上力不能及的时候，他也完全没有投降的意思，只会假装哭一下，然后用脚跟把沙子踢到对方身上一走了之。

但就是那样的猛，撩拨起了女孩子情感中的某个地方。不光和他同年级的，就连高年级的女孩子也都会被他的举手投足吸引，心情忽上忽下。我却很害怕他，仿佛只要一靠近他就会化成灰，所以选择了敬而远之。猛似乎也对我视若无睹，倒是他念初中的哥哥稔放学后参加完社团活动去托管班接猛时，如果恰好我母亲下班晚了，还没接上我，他就会问我“要不要一起回家”。虽然我当时只是小学生，但内心已经很成熟了，甚至比大人还表现得明显。和受欢迎的猛一起回家虽然让我有些害怕，但因为有稔这个一看上去就值得依靠的兄长在，我仍能泰然自若地和他们一起走在田间小路上。

即便如此，我与稔在年龄上毕竟相差太多，面对他时仍会紧张，不过和面对猛时的感受不一样。偶尔他送我回家，碰上我母亲还没下班，他就会直接带我去他们家等一会儿，而我也很愿意去，因为他们的母亲对我特别好。她会给我泡颜色好看的红茶，做晚饭时让我帮忙，还教我刺绣，告诉我“女孩子学点这个好”。她会一直陪着我，直到母亲来把我接走。

后来母亲跟我说：“猛和稔之间本来还应该有一个姊妹，但夭折了，结果早川家一直没有女孩。你阿姨那么宠你，或许和那件事有关。”

我母亲十分仰慕早川阿姨，总觉得她家是早就扎根在这片土地上的“原住民”，而我们是借住在别人家的外来客，因此与早川阿姨相处时总是毕恭毕敬的，这一点让我很反感。而早川阿姨则截然相反，完全不这么想。她在加油站干活，穿着得体，有着生意人特有的豪爽性格。我觉得母亲把父亲出轨的事告诉早川阿姨，就是因为信赖其人品。后来，母亲从早川阿姨那里借了一笔钱。

早川阿姨并没有向周围的人透露我父亲的事，反而是母亲以向早川阿姨开诚布公为契机，心态发生了转变，跟我说起父亲离家不回的原因。

大概母亲之前将这个秘密藏在心中藏得太辛苦，又一直没有给别人说，因此起了反作用。像是什么东西裂开一般，母亲开始对父亲全面恶语相向。而她这么做的同时，我脑海中父亲的面容渐渐模糊成幻影。在外母亲不会露出丝毫破绽，努力装得和父亲在时一样，不过家中残留有父亲气息的东西，比如照片和西服，都被她扔得一干二净。母亲并非不想让父亲回来，但她的人生中经常会有无法忍受那些东西的瞬间，于是父亲的东西就随着那样一个又一个的瞬间被扔掉了。

据母亲讲，父亲在离家出走前就已经和别的女人有染。我到现在都不知道那些女人都是谁、来自何处，只从母亲那里听说，最终将父亲夺走的女人，是父亲在酒馆里认识的。据说她品行不端，穿得花枝招展，是个低俗的女人。父亲任性，但我们孤儿寡母的生活还得继续，母亲一直在作坊做工。母亲曾向早川家借过钱，但倔强的她并没有让那样的事发生过很多次。没有父亲的同学不止我一个，他们的母亲中有的人为了谋生在小酒馆做事。母亲对陪酒女夺走丈夫一事耿耿于怀，说无论如何都不会去那种地方上班，还告诫我绝不能变成那种人。“在那种地方工作，会被别人说三道四的。”她说的“别人”，恰恰就是她自己。

我的确恨过父亲，如果他没有离开我们，母亲就不会这么刻薄和爱逞强。但是有时我也会偷偷地想起那个和父亲私奔的女人。模糊的记忆中，父亲高大挺拔，肌肤富有光泽，一头乌黑的头发抹上发油后闪闪发亮，虽不时髦，但在我心中是不折不扣的美男子。而母亲在父亲面前总是素面朝天，身体瘦弱的她胳膊和脖子上青筋暴露，就像一条营养不良的小狗。就算我再怎么想偏袒母亲，小时候也总觉得她配不上父亲。我没见过母亲口中的“陪酒女”，但想象中陪伴在父亲身边的她一定是个丰满的、让人为之惊叹的靓丽女子。父亲和她的风流韵事就这样在我的幻想中潜滋暗长……现在想想，我之所以对真实存在的父亲抱有那么不切实际的幻想，大概是因为我早就和他形同陌路了。

我和猛的关系之所以变得如此尴尬，都要从我十六岁那年说起。说来有些可悲，但用这个词来形容我们之间的情况再合适不过。

上高中后，我和猛就读于不同的学校，很少再见到彼此。有一天在回家的校车上，猛叫醒了正在熟睡的我，我们再次相遇了。现在每当回想起那时候的事，心都会突然收紧。

回头想想，小时候我刻意疏远猛，其实也是仰慕他的一种表现形式。像我这样毫不显眼、畏畏缩缩的人竟然能得到与我截然相反的猛的关注，这让我欣喜若狂，有些得意扬扬。

我们从小就认识，两家大人也是好朋友，但这反而成了一种束缚，于是我们经常瞒着家里人偷偷见面。

十几岁的时候，大家都是这样的吧。

但对我来说，比起难为情，我更多体会到的是一种不道德感。母亲被父亲背叛，因此异乎寻常地容不下男女之情，只要电视上播出稍微涉及谈情说爱的电视剧，她都会沉默不语地转换频道。我能从她身上感到那股异样的压力，担心她反对我的恋情。“男朋友来家里时，我妈妈她呀……”同年级的女生若无其事地说出这种话的时候，我感觉听到的仿佛是国外不知哪个国家的故事。母亲是男女关系的受害者，所以当我和异性玩乐时，便不禁觉得我在蔑视她，彻底背叛了她。就是在那个时候，我开始从心底怨恨起父亲来。

不过我并没有被那种内疚感折磨太久。

猛高中毕业后决定去东京，要去的学校也已经定下来了，那时距我们开始交往才刚两个月。

我吃着面，不知该说些什么，思来想去后鼓足勇气开口道：“你是从什么时候开始有这种想法的？”

“早就有了。”

“什么时候？”

“很久以前。”猛一副满不在乎的样子，似乎在回答理所当然的事。

我哑口无言，只能沉默。

“要不你也去吧，怎么样？”他这样问道。

怎么可能去得了，我还有两年才高中毕业，而且我去东京那种地方做什么，我该怎么和母亲说？为什么他能说出那么蛮不讲理的话？我一方面困惑不已，一方面却对他发出的蛮不讲理的邀请感到莫名其妙的欢喜，眼泪就快要夺眶而出。

猛过了许久才看到我的表情，然后嘟囔了一句：“你这个人没有思想，真没劲。”

后来一晃就是八年，早川阿姨帮了我大忙。高中毕业后，我一直在一家建筑事务所上班，后来事务所倒闭，我丢了工作。早川阿姨从我母亲那里得知这件事后，问我想不想去他们家的加油站帮忙。

听说猛当年去东京时和家人闹得很不愉快，早川伯伯甚至在和别人聊天中听到猛的名字都厌烦极了。而这八年来，在母亲面前我也仍有所顾虑。

和错过的人之间仍有种淡淡的东西，一种犯了错一样的东西，它们没有完全消失，也没有继续膨胀。我还没有坚实的力量在一个处处充满猛气息的地方生活，那会搅乱我的心。

我有些害怕，想拒绝早川阿姨的好意，但理由却说不出口，于是决定接受好意，在加油站工作，转眼就是八年。猛说得没错，我果然没有思想。

出乎我的意料，在早川加油站的生活相当平静。

早川家的长子早川稔三十多岁了，从小到大一直是一个好人。早川伯伯虽然有俗气和不圆滑的一面，对我却很好。他们像对待家人一样温柔地接纳了我。

当我完全适应了在加油站的生活时，早川阿姨突然病倒了，不得不频繁出入于医院。她的家人在加油站脱不开身的时候，我偶尔会去医院帮忙照顾。我一点都不觉得辛苦，因为我喜欢心胸宽广又幽默的早川阿姨。

渐渐地，我恍惚觉得自己已经成了这个家庭中的一员。稔人很好，可能也对我有意思，但从来没有逾矩的行为，没有给我施加过任何压力，也没有说过奇怪的话，只是温柔地等待我接纳他。据说祖母的前夫在战争中死去，后来他的弟弟成了我的祖父。小时候听到这件事时，我完全无法相信，但现在却觉得也没有那么不可思议了。稔是个好人，一定会让我幸福，他不是父亲那种人，也和那个人一点都不像。

但我喜欢那个人的眼睛，他的眼睛长得和早川阿姨的一模一样。

后来母亲再婚了，对方是她干活的地方的社长助理，比她小六岁，有个上中学的女儿，妻子过世了。这件事对我来说不啻晴天霹雳。母亲五十多岁的人，是怎么和那个男人一步步发展到结下婚约的，我完全无法想象，也不想知道。

但同时，积攒了多年的紧张感似乎终于得以一扫而空，我在她面前哭了起来。那种紧张感来源于我不得不去面对那样一个介意世俗眼光、出于虚荣心强撑门面、视过往和别人为仇敌、活得一点都不自由的母亲。我不在乎母亲的软弱和肮脏，只希望她快乐就好，这倒不是因为我体贴她，而是作为旁观者的我，不必再去忍受她的不自由和不快乐了。

告诉我这个消息时，她浑身僵硬，额头冒汗，手颤抖不已，简直就像耐力比赛二人组中的陪跑者在发表退役宣言。我真想反驳她：到底是谁让比赛开始的？我什么时候说想参加了？

但我知道，不光我在忍受着紧张感，母亲也一直对我充满了畏惧。女儿忌惮着母亲失去了丈夫的心情，母亲也忌惮着女儿失去了父亲的心情，就这样，我们母女在互相忌惮中监视着彼此，浪费了漫长的大好时光。

但母亲确实在那一瞬间很勇敢。她可能也担心是不是告诉我告诉得太晚了，她这样自作主张太任性了，害怕我觉得她和父亲没什么差别，但最终还是毫无保留地把她的决定告诉了我。

“妈妈，恭喜你。”我说道。

母亲的现任丈夫身材修长，性格温顺，对我不错，但和我父亲是截然不同的两种人，我不由得想笑。他的女儿很早就失去了母亲，年纪不大，却显得比我还要沉稳，已经开始以“妈妈”来称呼我母亲了。被这样称呼时，母亲顾及我，连忙说着“哎呀，还早着呢”加以制止，这一幕没有像电视剧里演得那样紧张，反而让我觉得无聊至极。

我明确提出不会和他们一家生活在一起。我终于离开那个河边的家了，有生以来第一次独自生活。那一年我二十七岁。

在那以后不久，早川阿姨就去世了。时隔多年，我也再次听到了猛的消息。

听说他因为工作去国外摄影，没回来参加早川阿姨的葬礼，在早川家引起了轩然大波。直到那时我才知道，当年猛为了读摄影学校而离开小镇，后来真的做了那一行，好像还特别忙。猛的兴趣飘忽不定，没有常性，受不了苦，但他居然十多年不改初衷，在摄影那条路上越走越远，这让我有些惊讶。

加油站的洋平对猛很感兴趣，经常向稔打听他的事，我时常会偷听他们的对话。有时，我还会偷偷地去街上的大型书店买一大堆写有“早川猛”三个字的写真集。

说实话，我不知道照片拍得是好是坏，也完全不懂猛把这些照片选出来出书的标准，但没关系，只要看到他拍的东西，我就会想，这是他看到而我没看到的风景，于是就会继续认真地一页一页翻看下去。照片冷酷而美丽，我的心中灼烧般火热。

照片真是个好东西，正在看照片的我看不见拍摄照片的人，也无法和他交流，他追寻过的风景却变成了永久的静物画，得以被我捧在胸前。

我不想再见到猛，但我去葬礼上帮忙，会去早川家，应该不免会与他碰面。虽然这么说有点对不起早川家的人，但早川阿姨去世时猛没有回来，或许是善良的她对我最后的照顾。一想到这里，我就不由得想偷偷合掌感激。

但是这一次，听说猛回来了。我早就知道了这个消息，心里一直祈祷不要和他碰面，但早川阿姨再也没有办法帮我了。

昨天白天，猛离开加油站后，洋平跑到我面前。“刚才那个人是早川家的弟弟吧？我没见过那种美系大车。”

“我不知道。”

“你不知道他长什么样子吗？”

“我没看清。”其实我想再看一次，想看得更清楚些。

但是为什么猛又邀请我了？

我在说谎，说实话，是我邀请的他。我像蜘蛛一样编织了一张完美的大网，把他诱骗了过来。那个难缠的顾客确实说过“如果管事的人不出现，那我明天还来”，但我故意让那个顾客等着，对他说：“明天管事的人休息，你今天要是能等等，他马上就会过来。”稔第二天确实休息，但我在电话里说的“顾客死赖着不走”是谎话。

我利用了在法事上被灌醉的稔，轻而易举地让那辆美系大车出现在加油站。

猛把稔送了过来，我对他礼貌地点了点头，然后故意对稔表现出了多于往常的依赖，演技逼真。我在稔面前任性地撒娇、哭诉，明确告诉他我想要做什么。对猛说不出的话，在稔面前我都能说得出口。但那些都是在演戏，我很清楚猛当时正隔着办公室的玻璃窗看着我们。

猛会上钩，都是因为我的精心布局。他居然会按照我心中所想行动，我感到困惑的同时，也有一种难以形容的快感。即便被他识破也无妨，能钓他上钩已经是我胜出了。

我很想和他说，这就是我的“思想”。

但在猛发动汽车的一刹那，坐在副驾驶席上的我突然为自己感到羞耻。

猛的头发乱蓬蓬的，邋遢的胡子长得稀稀拉拉，我们本地人可能会用“脏兮兮”这种表达来形容，但我觉得他的“脏兮兮”很讲究，和我这种真正的“脏兮兮”是完全不同的。

换上工作服后的我让人分不出是男是女，身上堆积着从今时今日就连小学生都不愿去的批发店买的便宜货，剪得短短的指甲缝隙里攒着黑色油垢。我的手指很脏，而握着大方向盘的猛的手指很美。我马上握紧拳头，把黑指甲藏到掌心里边。

尽管如此，和猛聊着天，时间好像停下来一般。

都三十的人了，还是像个高中生一样，喋喋不休地说着无关紧要的事，不顾形象地咧嘴大笑，身上没有一丝为生活所迫的疲倦感。一切都像过去一样，他好像把一切都忘了。我不禁被他吸引。上次像这样和人聊天聊到停不下来是什么时候的事了？我像孩子一样欢喜雀跃，像孩子一样懵懂无知，像孩子一样不知羞耻。

在猛眼里，我像孩子一样吗？

猛，我现在是什么模样？和那个时候相比呢？

猛，不要看我。

昨天稔突然提出要开车去莲美溪谷，猛昨天晚上似乎还不打算去，今天一早却开着那辆大车来接我了。就连猛也要顾及稔的心情，害怕被他知道我们的事，为了不把事情闹大，想装作什么都没发生。但我觉得是行不通的，以我对稔的了解，稔一定已经发现昨夜的事了。

稔留我们二人在河边，卷起裤腿飞奔到莲美川深绿色的河水中追逐鱼儿，发出像孩子一般的喊声。

小时候镇子上举办活动时，我经常来莲美溪谷玩耍。镇子上的孩子见不到广阔的大海，夏天想玩耍时，家长只能带着来这里。那时的河水清澈无比，美丽极了，大家都穿着泳装在河里游泳，即便在夏天，河水都很凉，孩子们游不了太长时间。现在是十月份，一般人很难坦然自若地下水玩耍。

猛对着稔，笑着按下快门。猛和稔血脉相连，但肯定没有意识到，哥哥并没有大家想象中那么憨厚。大家都觉得稔有些迟钝，但根本就不是那样的，他只是装出迟钝的样子，他掩饰得完美无缺。但这一点被我注意到了。还和母亲一起生活的时候，我就能感觉到身边的人是否在压抑感情。一旦感情被压抑，行为就会扭曲，变得可怖。在我看来，稔忌妒我们到发狂，他任由冷冰冰的河水漫过大腿玩闹着的奇特举动，绝对就是一种自残行为。

“猛，这种地方什么都没有，对吧？”

听到我的小声嘟囔，猛正在按快门的手突然停了下来。

“那个时候的我害怕许多事，总想着不能失败、不能失败，结果人生成了现在这样，一事无成。”

“说什么人生，你才多大。”猛幽幽地说道，眼睛没有离开取景器，“接下来的人生还长着呢。”

“东京真好啊，为什么那个时候我没有和你一起离开呢？”

“东京没想象中那么好，每天都很累，住得也不舒服，乡下人在那里总归水土不服。而且，没有工作就活不下去，如果我这次没了工作，也得另外找地方了。”

河水中的稔在远远地呼唤我们。

“但我不想像现在这样继续活着了。”

猛的后背僵硬起来。

“那个人很可怕，可能已经发现我们的事了。”

猛笑着对朝他挥手的稔挥了挥手，回头看看我，问道：“你说什么？”

我说不出话来，呆若木鸡。

猛对着一脸茫然的我，恶作剧般连按了好几次快门。“果然应该偶尔回来看看，这样也就能见到你了，真是让人怀念啊。”他说着，慢悠悠地走开，身影消失在林荫道。

猛怎么能说出那么亲密但是毫无真心可言的话，然后把我一个人留下？真是过分。十二年前他摆出像能乐面具一般的表情，丢下一句“你这个人没有思想，真没劲”，那句话就像带着刀的拳头朝我扑面而来，被劈成两半的我无言以对，喘不上气来。那一幕如今再次上演，猛的表情像被风吹过一样冰冷。不过，他说得并非毫无道理，旧伤一直在我的身体里隐隐作痛。只是，说出这种像滑溜溜的幽灵般的话，躲开我的眼神拔腿就跑，这真的太过分了。

我被高悬在天空中的太阳晃得睁不开眼，头有点晕。顺着强光，远远地能看到距河面很高的地方有一座窄窄的吊桥，猛在小心翼翼地过桥。我再也睁不开眼了，再也站不住了。

就在这时，我感到稔静静地紧贴着踉踉跄跄的我。

此刻的他十分稳重，和片刻之前在水里追逐着鱼儿尽情嬉戏玩耍的那个他判若两人。不过刚才河里是否真的有鱼呢？或许他只是佯装在追着鱼，河里根本就没鱼。

河水哗哗地流着，响彻山谷，只隔两三步的距离便听不见人说话的声音，但我知道稔听到了我和猛刚才的对话。我感到他明快的语言黏在我耳垂上的触感。他在窃喜，在咆哮：这是千载难逢的绝好机会！他想趁着我被猛抛弃、无处可去的时候，给我甜头，再好言相劝我两句。

我会上当吗？一旦上当就糟糕了，就得一辈子待在那个又黑又油腻的鸟笼里了。我不能上当，绝对不能。

稔开口说道："我去不了那种摇摇晃晃的高处，从小就不敢去。"

那么就让我去，我想。

我也知道那座吊桥。母亲曾告诉我，只要人走过，那座桥就会咯吱咯吱摇晃，她不准我去。我经常远远看着人们在桥上发出尖叫，最后踉踉跄跄快快乐乐地过了桥。

现在正是我该过桥的时候，我要努力到达没有去过的对岸，给他们看看。

一步步登上走势陡峭的斜坡，穿过昏暗繁茂的密林，视野变得开阔起来，吊桥随即出现在面前。桥下的水流和刚才我在河边待的地方相距只有几十米，但似乎变成了另一条河，水流湍急，面目狰狞。桥面的木板古旧，有的地方烂掉了，有的地方已经完全缺失了。从没有木板的地方向下看，来势凶猛的水流穿行在巨大的礁石之间。

迈出一步，桥就摇摇摆摆地变得歪斜了，我双腿不受控制地一会儿向左，一会儿往右，于是桥摇晃得越发厉害了。

刚才照得我头晕目眩的烈日，钻到山间的云朵背后藏了起来。风从山谷间穿过，吹到桥上来，随之而来的寒意和脚下的踟蹰让我的身体颤抖起来。

我终于走到桥的中央，看到了猛在对岸上游遍布礁石的地带手持照相机的小小身影。我从吊桥的扶手处将身子探出来，用比水流更响的声音大声喊着他的名字，拼尽全力朝他挥手。一瞬间猛似乎听到了我的喊声，往桥上看了一眼，随之消失在山间的茂密丛林中。

我担心看不到他，匆忙间松开扶手往前迈步，这时身体突然倒向后边。

一直紧紧跟着我的稔伸手抓住我的衣摆，无论如何都不让我独自过桥。“危险！”他大声呵斥道。他的脸色发青，异常恐怖，那样子不像是在帮我，更像在利用我寻求平衡。

稔用力紧抓着我的衣摆不放，不停说着“别往下看”“抓着扶手”“你走得太快了”。我向前走了三四步，感觉自己就像被赶着的牲畜一样。稔和我之间的距离渐渐缩短，他气喘吁吁呼出的热气吹到我的脖颈，我感觉背上似乎有虫子在蠕动。

好难受！我不由得扭了扭身体，不顾一切地跑了起来。

接着吊桥开始剧烈地晃动。

眼前的风景扭曲起来，我的脚被绊住了。尽管如此，我已忘了害怕，只想摆动着双臂拼命向前。我的肩膀被人从后面使劲握住、抓住，自由被剥夺，可能性被践踏，人生被封锁，未来被抹杀——

“不要，别碰我！”我拼命大喊。

压在我肩膀上的臂力，一瞬间变轻了。

稔目不转睛地盯着沉浸在大吼大叫中的我，脸上僵硬的表情像潮水一般退去。他的瞳孔巨大得像驴的瞳孔，一股深深的、深深的黑暗从里边弥漫开来，闪闪发光的黑暗中映出像野兽似的我的身影。

这一天终于到了。至今为止没人能打开那扇沉重的大门，而现在门锁已经被我敲得粉碎。

肩上的手指又开始渐渐用力。

这个人就是我。脸上的表情温顺如驴，心里却藏着一个恶鬼。

我曾以为这个人就是我。

脚下很远的地方，水流像煮沸一般翻滚着泡沫。

第三章

早川勇的叙述

一开始我在想是不是打错电话了，我已经听不出来儿子的声音了，准确地说，我已经听不出来我小儿子的声音了。

他的名字不读“TAKESHI”，而读“TAKERU”，因为我的大儿子叫“MINORU”嘛。[①]

他离开家已经十多年了，说起他离开家的方式和我送他的方式，唉，简直就像是断绝关系。不过也不能说是“断绝关系”，因为我总归是他父亲，我没有勇气说出那种话。十年真是太长了，隔一段时间他母亲好像就会跟他联系一次。他回来过几次，但我们俩一见面就会闹得不愉快，所以基本上没好好说过话，更别提在家住了。

---

①“猛”在日语中既可读作“TAKESHI”又可读作“TAKERU”，“稔”在日语中读作“MINORU”。

知道电话那头的人是小儿子时，我就有一种不好的预感，一定是出什么事了。

我儿子没多废话，直接说道："智惠子掉进河里了，已经给警察打电话了。"

他不管说什么都会先说结果，是个理性至上的家伙，一直以来都是这样。他讨厌看上去没用的东西和形式主义的东西，对他来说顺序和方式是无关紧要的。之前他在你们面前肯定也很没礼貌吧？真是太抱歉了。

但我听到他说的话，就知道智惠子没了。虽然不知道发生了什么，不知道情况怎么样了，但我当时就觉得发生了没有办法挽回的、糟糕的事情。如果不是到了最坏的地步，他那小子怎么可能特地往加油站打电话？接着我就很担心稔——为什么不是稔而是猛打回来的电话？

我问："稔呢？"

他没回答我的问题，接着说道："智惠子在吊桥上脚滑了一下跌倒了，然后扶手断了，她掉到了桥下的河里。"

我握着话筒的手一瞬间冒了汗。我又问了一遍："稔呢？"

猛紧接着答道："我哥还没恢复平静，没有办法正常说话，现在在车里休息。"

我不顾一切地大声吼道："稔做了什么？你们到底怎么

了？我跟你说不成话，换稔接电话，让他接电话！”

猛应该又说了点什么，不过我马上就听到公用电话时间到了的提示音，电话被切断了。

我马上给稔打电话，但一直打不通。那地方在深山里，手机没有信号，我只能等儿子再用公用电话打来。但猛一直没有再打来电话，我很烦躁，不小心拽断了电话线，这下就算他打回来，我也接不到了。

没有办法，我只能把加油站暂时托付给打零工的人，从家开车向莲美溪谷赶过去。将近一个小时后，我到了莲美溪谷，看见狭窄的小道上停满了警车和救护车。消防员和警察拿着喇叭筒喊来喊去。从小到大我去过那里很多次，从没有见过那种景象。

我不敢认稔，他缩成了一团，眼神很奇怪。我们家曾经养过一条杂种狗，有一次它在路上吃了可疑的东西，快死时已经不认识我们任何人了，稔的眼神和那条狗当时精神错乱的眼神一模一样。

我问稔发生了什么事，他胡言乱语地不停重复着“滑倒了，滑倒了”，我不知道是怎么回事。那孩子天生爱把麻烦事揽到身上，不管是加油站还是家里，我都能放心地交给他。那天他那个样子，我还是第一次见。

我甚至在想，比起稔来，或许小儿子更值得依靠。与其说“依靠”，可能“硬碰硬”这种说法更恰当。猛倒是很沉着，但不管怎么说我们住得太远了……哦，对了，猛说他在桥那头，说走着走着就走到了深山里，所以他也不知道到底发生了什么，还说没想到稔会过桥。

我也没想到。稔那孩子，半规管的功能比较弱，平衡感不行，从小就不爱去高的地方，和一般人不太一样。我们加油站的大厅里挂有一个钟表，换电池的时候得踩着梯子上去换，梯子都不到两米高，就连那种事他都做不到。所以我想，肯定是智惠子那孩子说要过桥，他才跟着去的。

说到猛那孩子，他的性格是这样的，就算大家一起出去玩，他也不和大家一起，总是一个人晃荡，由着自己的性子来。他本人可能觉得那样很自在，但在别人看来就是偏执了。我以前总是训斥他不懂考虑别人，但他从来不改，因为根本就不想改，只管一声不吭自顾自地就走，很任性。他不会说出“大家一起去”这样的话。要说他在河对岸做了什么，我想可能什么都没做，因为以前我们去山里或其他地方游玩时，他总是到处闲逛，也没见他做什么事，感觉就是为了闲逛而闲逛，真是不知道他怎么想的。

猛和我说，根本不知道那两个人跟着他，回到吊桥边时，就看到稔脸色惨白，一个人蹲在桥的正中央。

搜寻队派出很多人去打捞，我一看，就知道智惠子没救了。吊桥那么高，桥下的水又那么急。看到搜救人员在那么冷的水里找人，最后又不会有什么结果，真觉得对不住他们。

稔直到到家之前都没有办法好好说话，看上去受的打击确实不小。我很烦躁，回到家气氛稍微缓和一些后，就开始责问他："你明知道那地方那么危险，不是紧紧跟着智惠子走的吗？你当时到底在做什么？！就眼睁睁地看着她掉下去吗？！"不由得还动了手。以前我从没有对大儿子动过手。

那孩子出生时体重只有一千七百克，是我们的第一个孩子。我也知道婴儿本来就不大，可是看到他那么小还是感到很震惊。他出生后马上就被送进了保温箱，好不容易才活了下来。一开始我都不敢抱他，后来小心翼翼地像对待易碎品一样把他养大了，根本没有打过他，不对，连假装打一下那种事都没有。倒不是护犊，小儿子就是被我揍大的。

稔小时候很懂事，不管是跟着我们出远门还是乘坐交通工具，他都从来不哭。我没有骂过他，已过世的内人倒是很担心他太听话，等以后我们不在了，不知道他一个人能不能行。当母亲的就是爱担心，于是把他抓得更紧。

我嘴上说着不用管稔，其实也很担心。我宽慰自己，只要他平安长大、身体健康就行了，做梦都没想到会发生这种事。

动手时，猛拦住了我，冲我大喊："责备有用吗！"我知道不应该，但还是责备了不该受到责备的人。责备，能让对方显得比自己弱，于是就会有一种超然感，觉得自己不是那个既蠢又可悲的人。以前内人经常因此教训我："就因为你责备别人，才让对方以牙还牙。"我一听到她那样说，火气就上来了，反驳道："别不分青红皂白就一通乱说，你知道我要承受多大的压力吗？"就这样，我反而会把责备又加到内人头上。我感觉她高高在上地训我，怎么也忍受不了。

一旦她应战，说出"我想我知道"这种话，我就会一口咬定"不，你根本不知道，你根本不可能知道"，然后开始转移话题。内人的声音会越来越大，最后彻底放弃。看着她垂头丧气不说话的样子，我会觉得她是自作自受，一瞬间产生一种清除掉脏东西的满足感，安下心来。

女人就是这样，明明是她们挑起的战斗，却不会拼到最后，中途就泄了气，像个垂死的老人。既然开始谴责别人，就彻底打赢这场仗，要有这样的气魄该多好，但她们总是半途而废，战斗到一半就开始哭哭啼啼、唠唠叨叨，转变策略，把希望寄托在我的负罪感上。这种手法太卑劣了，就像我欺负她似的。我们一辈子就这样吵来吵去，直到我内人去世。

我有时感到特别害怕，半夜会睁开眼坐起来，打开床铺旁边的佛龛忏悔。警官，我对死者忏悔，佛祖会把我忏悔的话转达给那个死去的人吧？内人没看到我低头认错，也没听到我的安慰就不在了。她批评我的那一点，我还没有改好，她就走了。真没意思。

我的两个儿子接到警方的电话，九点半刚过便从家出发去往大学附属医院，回来的时候已经是第二天了。当时，稔的眼睛又红又肿，说智惠子真的死了。我已经够震惊了，在听说智惠子的尸体被解剖后，感觉像是又挨了一棒。太残忍了，智惠子那小姑娘生前那么努力生活、不给别人添一丁点麻烦，死后却得在别人的眼前一丝不挂，身体还要被切开。太残忍了,真是让人无法忍受。我对不起川端太太，我的眼前变得一片黑暗。

川端太太，现在应该叫……市井太太。对，该叫市井太太，我没脸见她。那位太太受了很多苦，好不容易一个人把智惠子养大，如果知道会发生这种事，一定不会把智惠子托付给我们。一想到她知道这件事后的表情，我就受不了。那位太太是个很得体的人，穿着不华丽，但总是把自己收拾得干干净净的。她丈夫还在时她就是那个样子，一点都没有变。她从来不抱怨一句，也从不说街坊四邻的坏话。她一直干活养家操劳，终于把孩子抚养长大成人，她也再婚，可以松口气享享清福的时候，却……

有没有撮合过稔和智惠子？没有，我没说过那种话。现在这个时代和我们那时候不一样了，得两相情愿才行，别人怎么说都没用。不过内人以前倒是经常开玩笑和我说，要是智惠子能嫁给稔也挺好。

那孩子性格好，能吃苦。她母亲受了不少苦，她在那种环境中长大，也很有耐力，对于我们交给她做的事，从来没有半点怨言，全都欣然接受，甚至内人生病时，她还经常去医院照顾。我嘴上叱责内人胡说八道，心里却也希望那孩子能嫁给稔。

但智惠子那孩子吧，用现代人的话来说，在和男性交往方面有些晚熟，或者说不太擅长跟异性相处，就算是和我都显得生分。来加油站的如果是女顾客倒还好，要是男顾客，她根本不管不顾，态度很冷淡。难得那么可爱的一个姑娘，却不会招揽男顾客，真是没办法。

智惠子肯定不会说出要嫁过来那种话，而且稔那孩子也是的，不是说他不好，但他在这件事上出奇地不主动，真是不中用啊。偶尔我着急了，问他智惠子有没有正在交往的男朋友，还会被他责怪，说我这样说有性骚扰之嫌，让我多注意。很奇怪吧？我又没有对她怎么样。他们俩还是孩子时就认识了，稔比那种不熟的亲戚都更了解智惠子。哎，我干涉得有点多吗？是吗？

嗯，大概就是这些。他们俩青梅竹马，稔很有分寸，从小到大一直很珍视智惠子，当她是亲妹妹一样。我和打零工的年轻人对智惠子客客气气的，但稔和她毕竟会多少亲密些。他从没做过什么奇怪的事，唯独这一点我可以断定，请相信我。

不论是在智惠子的灵前守夜还是葬礼上，两个儿子都竭尽所能地帮忙。我很在意那位太太，于是走上前去烧香。那位太太再婚后不久有点发福，但在葬礼上见到她时，整个人明显很憔悴。我并没有简单打个招呼就作罢，而是低下头向她道歉。那位太太却反过来向我道歉，说一切都是因为她女儿不小心。

我先回到加油站，等晚上稔回去后，我把大小事务交接给他，提前回了家，我不知道该和他说些什么。

走到家门口时，我看到房间里的灯亮着，小儿子先回来了。他慢吞吞地从客厅出来接我。我和小儿子的关系还是老样子，没想到他竟然先开口和我说明天就要回东京了，还说虽然很难，但还是希望我能打起精神来。

仔细想想，这次幸好有小儿子那家伙在。毕竟是亲弟兄，弟弟一定会站在哥哥那边拼命支持他的。

就像刚才说过的，稔那孩子从小一直是那样，所以长大后让周围人很担心。再加上他很懂事，又细心周到，很招他爷爷奶奶疼爱。我曾看到他奶奶每晚睡前都会在佛龛前祈祷，口齿不清地不停念佛，对佛说稔是个品德高尚的孩子，希望他将来能做一个僧人之类的。

其实在稔两岁的时候，我和他母亲又有了一个女儿，但生下来后夭折了。我也只有兄弟，没有姐妹，所以很期盼能有一个女儿。虽然我和内人都还想再要一个孩子，但第一个孩子稔是那个样子，第二个孩子又是这种状况，我们越来越没有信心了。当知道又怀上小儿子时，比起喜悦，我们更多的是担心。结果他长得比一般婴儿大了一圈，内人生他时难产，于是便只希望他能平安诞生就好。家里人都觉得是男孩也挺好，毕竟已经尽力了，所以我们抱着祈福的心情，给他取了“猛”这么一个硬朗的名字。

值得庆幸的是，小儿子很结实。那时候我们没什么钱，对他也没怎么精心呵护，索性没去管，他反而很健康。他更喜欢去外边做危险的事情，而不是老老实实待在家听爷爷奶奶给他读书。他经常要么是弄哭邻居家的孩子，要么是在田地里做坏事，没少挨他爷爷奶奶和我的骂。不是我偏袒稔，只是猛那孩子给我留下的净是这种印象。他厌恶被管束，总是不听话。

稔比我们更关心猛。猛长得高大，吃东西时稔一定会挑小的，而把大的留给猛。不管是猛做错事被大人训斥时，还是被人欺负得像一块石头一样沉默不语时，稔都会站出来维护他。猛只有在稔面前才会展现出不同的态度。猛小时候一点都不害怕被我们训斥，只会默默地以充满憎恨的眼神瞪我们。而一旦稔替他说好话，他的眼泪马上就会扑簌簌地流下来，太不可思议了。

我刚才提到过稔的半规管功能弱吧？在小学运动会上不是会有那种竞走障碍赛吗？稔走那个平衡木时总是走到一半就掉下来，走了好几次都走不过，于是老师就在他耳边低声说不用走了。稔难为情地绕着操场跑，最后一个才到终点。猛的同学看到那一幕后，故意学稔从平衡木上掉下来，取笑他，很过分。后来猛把那个同学的脑袋撞到单杠的支撑棍上，撞得头破血流。后来猛被老师反剪着双臂走到同学面前时，还朝对方吐唾沫呢。

唉，虽然猛的做法鲁莽，不应该被表扬，但他维护哥哥的心却可以理解。后来我听内人说，稔在她面前哭鼻子了。

那件事让稔很沮丧，他觉得都是因为他没好好练习，事情才变成那样，他觉得对不起猛。

那天我只对猛说了句“辛苦了，你也努力”就睡了。那晚我早早就睡了，连稔回来了都不知道。从智惠子过世那天起，我几乎就没合过眼。

第二天早上我五点半就起来，去院子里给树浇水了，想着终于尘埃落定，恢复了正常的生活步调，稍稍松了口气。六点半左右回到屋子时，稔也像往常一样起床做早饭了。

我和稔虽然也说话了，但大早上的不可能像平时那样聊个没完。不过我还是有些在意前一天的事，稔他们跟着智惠子的家人去了火葬场，于是我问了他一句“智惠子的母亲还好吗”。看到自己孩子的身体化成灰烬该是多么痛苦的一件事啊，作为父母，谁都想极力回避那一幕吧。稔只是简短地回了句“她很坚强”，话题到此为止，我后来也再没有提过那件事。

稔比往常寡言，毕竟发生了那种事，他的反应理所当然。我也一样，没有心情聊天，但还是说了些加油站的事，语气也比较沉稳，和平时没什么两样。我没多说不必要的话，也没觉得气氛不对。

那天早上，我比稔先一步去了加油站。早班只有我和打零工的洋平，哦，那个孩子叫冈岛洋平。他多大了？二十二岁或二十三岁吧。四年前他来到我们加油站，一开始很麻烦，因为他是个不良青年，我总担心被什么人知道他在我们这里。没想到，他竟然一直做到现在，还慢慢取得了技工证，现在已经是一个很能干的帮手了。

洋平那天早上戴着全黑的墨镜，穿着也很奇怪。

“拜托别这样，还得待客呢。”听到我的责备，洋平傻呵呵地光笑不回应。我让他别笑，他却很奇怪地把头扭向一旁。我从洋平的墨镜边框往里一瞥，看到他的眼眶肿了。我很好奇这家伙怎么了，伸手想摘下墨镜看个究竟，却被他牢牢抓住了。他的态度太奇怪了，而且居然敢这样对我，我生气地甩开他的手，倒要看看他还会不会继续用这种态度对我。“怎么，又打架了？好歹贴个创可贴啊，给我摘下这东西！”话说出口，我才意识到不对劲——昨天我离开后，晚上加油站只有稔和这孩子两个人，他们之间究竟发生了什么？

就在这时，洋平开口了。“我背着女友参加联谊会被发现了，她真是太可怕了。”他在说谎。这孩子虽然经常说谎，却不是一个说谎好手。接着他憋不住了，抢着说道：“您别追究了，现在是特殊时期，毕竟发生了那种事。”我知道他说的是稔。“我把墨镜摘下来，您就别追究这件事了。”

洋平虽然不是说谎好手，关键时刻却能把话讲明白，此时他说的话有一种不容反驳的分量感，毕竟他曾是一个不良青年，擅长恐吓别人。虽然我不知道发生了什么，心里有些七上八下的，最后还是决定随他去，没再继续问。

快十点的时候，稔到了加油站，他到达的时间和平时差不多，做的工作也和平时没什么两样。我勉强拾起手里的活，心里却放不下刚才的事。

洋平和稔没有表现出什么异样，他们不是紧挨着彼此干活，只在必要的时候才会交谈一两句，其他时候都是各干各的，就和往常一样。

十一点半左右，那个顾客到了加油站。我一看到那辆皇冠车就头疼。那个顾客没有工作，整天无所事事地开着车瞎转，就连车应该也是父母给他买的吧。他经常去我们加油站，不为别的，就是专门去找碴，真让人受不了。做法事那天他去投诉，说我们擦洗车时划坏了他的车，简直是一派胡言！我们怎么从来没有接到别人这样的投诉？他经常用这样那样的理由索赔，不是一次两次了。这么说有些奇怪，但正是因为那个蠢货，我和洋平在某种程度上立场一致了。有句话怎么说来着？“敌人的敌人就是朋友”，那家伙之前和我发生过冲突，后来又和洋平发生了冲突，于是就知难而退了。而稔就只会给那家伙好脸色，让他得意忘形了，有事没事就去我们加油站。

我和洋平从来不接待那家伙，我们在加油站时，他好像也不会去。智惠子在的时候，他可能会去，我觉得稔注意到这一点了。

那家伙一到加油站，稔就跑了过去。我没多管，想着虽然稔个子不算高，但不会遇到太大的麻烦，就去擦洗别的车了。洋平则去修车了。

一阵沉闷的声音传来，不是咣的一声，而是砰的一声。

我没看到那一幕，当时听到一声巨响，想知道发生了什么，扭头只见洋平一脚踢开身边的手推车，跑向皇冠车，朝稔扑上去，试图把他拦住。

我一时不明白发生了什么，还以为洋平又突然想起昨天的事，找稔出气呢。但仔细一瞧，被洋平紧紧抱着的稔倒拿着加油枪，朝皇冠车的驾驶席疯狂怒吼。风挡玻璃已经像蜘蛛网一般裂开了，顾客的身体缩成一团，在车里瑟瑟发抖。

我赶紧朝那边跑过去，想弄清究竟是怎么回事，但没跑几步就两腿发抖，动弹不了了。稔那孩子双目圆瞪，用我从来都没听过的声音破口大骂着。我是第一次从稔的口中听到那样的词汇，直到现在都怀疑当时是不是听错了，真是太可怕了……请别让我说了，不好意思。

警察闻讯赶到，却一脸莫名其妙，因为在他们赶到加油站以前，一切都已经恢复平静了，就像我们谎报警情似的。

万幸的是，顾客没有受伤。不过他被吓坏了，以前被人动到一根头发都要发牢骚发个没完的他，如今风挡玻璃碎成那样，却一反常态，一句话都不敢多说，最后老老实实地坐上我叫来的车回家了。

警察没有打算强行带走稔，但稔低头向我们道歉，说耽误了加油站里的生意，然后主动坐上巡逻车走了。

我眼中的稔就是刚才说的那样。之前也说过很多次了，那孩子和我们不一样，不是那种容易冲动的性格，就算发生再大的事，他也只会把情绪压在心里。

现在想想，洋平受伤一事是转折点。洋平在我的逼问下，才终于告诉我，智惠子葬礼结束的那天晚上，他把自己在工作上犯的错告诉稔后，一个玻璃烟灰缸就砸到了他脸上。我本该能想到的，要是我之前就问清楚了，让稔再多休息一段时间，直到他情绪稳定，那样稔就不会对那个顾客动手，也就不会把警察招来了……不是，我不是说想隐瞒实情……如果事实真像稔说的那样，那我让他休息可能反而会更麻烦……唉，我在说什么呢，对不起，我的脑子也有些乱了。

警官，稔真的说人是他杀的吗？真的吗？

我也有个问题想问你们，你们对那孩子说了什么？

智惠子都死了这么多天了，难道这么多天以来，我和猛都一直被稔蒙在鼓里吗？我理解不了。

乱了，都乱了，我再怎么向川端太太道歉都弥补不了。不过，我看报纸上说，在吊桥上时，稔扶着智惠子的身体，手却被她“狠狠甩开了”，稔真的是这样说的吗？

为什么智惠子当时要那样对待稔？很奇怪啊！要是说智惠子快从吊桥上滑落，稔狠狠甩开她的手，我还能理解。但是，事实不是那样的，稔是不会做那种事的。

为什么智惠子要甩开稔的手呢？不管是谁，被那样对待都会很生气吧？不是吗？大家都深信，无论对稔做什么、说什么，都不会惹他生气，都会得到他的原谅。就连智惠子也一样，在我们面前显得很朴实，但她对稔怎么样我就不知道了。

稔不会带着智惠子去那么危险的吊桥上，肯定是她坚持要去。她看不起稔。她爸爸跟着别的女人跑了，人间蒸发，我们才一直对她处处照顾。但她和她妈妈都一样，只在乎外在的体面，内心的某个地方一定有些扭曲。稔没有杀她的心，只是觉得该对这桩不幸的事负责，才会说人是他杀的吧？那孩子不可能杀人！

夺人性命这种事太可怕了，幸好内人没有经历这一切。

小儿子？他已经知道了，他也很吃惊。他告诉我，已经和我哥哥联系上了。

嗯，我有个哥哥，在东京做律师。我什么都做不了，但有亲戚可以给稔辩护。小儿子去了外边的世界，果然见多识广，不知不觉已经比我知道得更多了，真没想到他居然靠得住。现在只能寄希望于他们了。

警官，稔现在怎么样？他还好吗？

算了，我还是不见他了，我不知道见了他该说些什么。

没了智惠子，没了那孩子，我们加油站突然就只剩下我和洋平两个人了。虽然是乡下的一个小加油站，但两个人还是够呛。回了家也只有我一个人，想做饭却不会用电饭锅，也不知道还有没有米，真是一塌糊涂。

唉，我累了。以前我觉得自己身板结实，但人一过六十，身体就慢慢不行了。你们警察白天黑夜连轴转也很辛苦吧？问题不大吗？年轻人就是好，我已经筋疲力尽了。

第四章

早川修的叙述

被告人于平成[1]十七年十月二日下午两点左右，在××县樋川町莲美五番十号的吊桥（高十五米）上，将双手置于前方同行女子川端智惠子（二十八岁）双肩之上，其后因双手被对方狠狠甩开而受到刺激，产生杀意。最终被告人用双手将同行女子推倒，致使同行女子从因猛烈碰撞而断裂的钢缆与桥板之间坠落，掉入该吊桥下方的莲美川中，致使同行女子溺死，依据刑法第一百九十九条，涉嫌故意杀人。

这是对这起案子的被告人早川稔的起诉书。

---

①日本明仁天皇在位期间使用的年号，元年为1989年。

其内容与当地报纸报道的当事人在刚被捕后的供述基本一致。被拘留后，在检方的询问中，当事人仍维持原有供述。所以我只能推测，早川稔的杀人事实恐怕基本可以确认了。

我是在稔已经被捕半个月后才知道这件事的。我的律师事务所里有全国性的报纸，但当天我被事务缠身，没有看到那条新闻。后来我回头翻阅时，才在当天报纸的社会版面一个不起眼的小角落看到。但即便当天看到了，我也不会联想到那起故意杀人案的嫌疑人是自己的侄子。我们虽然比一般民众有更多机会接触到这种事，但有时反而会当局者迷。

“早川稔”这个名字和我的名字有点像，但光从字面上我认不出这是谁。去年秋天弟妹去世，我只在葬礼上见过稔一面，当时还是旁边的女人告诉我的。虽然心有愧疚，我还是没有久留，匆匆赶回来了。上一次和稔聊天，大概已经是将近二十年前的事了。

那天我和客户告别后，像往常一样在回事务所的路上喝了一杯才回去。秘书给我留下一张便笺，上面写着“早川猛先生打过电话，称有事，待回复”，还有一个手机号码。这个人和我同姓，直到读到他名字的发音“TAKERU”后，我才有点印象。去年参加弟妹葬礼时我没有见到他，但脑海里还是浮现出他的模样，是一张还是孩童的面庞，那是他几岁的时候呢？

我们没什么来往，他为什么会突然来电话呢？在好奇心的驱使下，我按照便笺上的手机号码打了过去。

“什么事？”

他连姓名也没有自报一下，生硬的语气让我不太开心。难道打错了？我突然觉得自己可能会错意了，或许这个人不是我的侄子。“是早川先生吗？”

“是。”

“我是早川修，你好像给我打电话了。”

“什么？”

“这里是早川律师事务所，你好像……”

“啊，伯伯！是伯伯吗？对不起对不起，是我啊，猛，不好意思。”

“什么‘是我啊’，我不知道是你啊，我们很多年都没见了吧？”

“啊？也对。伯伯还好吧？”

“不太好，医生总说我胆固醇指数偏高，吃山珍海味吃太多了。”我还不熟悉已经成年了的他的声音，但我们俩不一会儿就聊得无拘无束起来。没想到我和这个孩子还挺聊得来。

但是猛很快就从闲聊切入正题了。“伯伯没有听说吗？”

“听说什么？”

“嗯，那这样吧，我有点事想去找您。”

“怎么了？不是要跟我借钱吧？”

“不，不是借钱。明天有时间吗？”

第二天他就拿着那份报纸出现在我的事务所了。

在猛看来，当时警察的讯问让稔背负起了沉重的精神压力，激发出了他对川端智惠子一死的责任感，才有了之前的供述。猛认为供述内容与事实不符，川端智惠子之死只是一起意外坠亡事故。

但是，自从川端智惠子去世以来，稔似乎并没有向警方提出重新录口供的要求。

当时稔因加油站伤人一事被送到警察局，是身边的同事报的警，去警察局录口供一事也完全是稔主动提出的。所以，如果认为警方是为了弄清莲美溪谷坠亡事故的疑点，而故意设计逮捕稔，未免牵强。此前那件事既然已被定性为意外事故，说明警方并不认为稔是嫌疑人，那也就更谈不上费尽心思想将他捉拿归案了。

猛认为，即便警方认为是冤案，没有强行逼供，以稔的性格，他也十分有可能会主动认罪。

“我爸一直不停自责，都快发疯了，沮丧得不得了。稔一定是无法忍受负罪感的折磨才那样说的。”

“负罪感？因为什么而产生的负罪感？”

我注意到了“负罪感”这个词。据猛说，稔有极其严重的恐高症。姑且认为猛说的是真的——当时是智惠子提出想要过吊桥，然后从桥上失足坠落。稔并没有强迫智惠子过桥，却因智惠子不小心坠亡，就产生了这么强烈的负罪感？这正是我无法理解稔的地方。

据猛说，稔被捕后，我弟弟找来的律师坚称“事实就是稔对警方说的那样”，猛于是不想继续雇用那个律师，在举步维艰的情况下，他才终于来找我。猛没有马上在电话里告诉我这件事，可能因为我是他们的至亲，又是律师，却和他们很久没有来往，他对此介怀。

我本该大声责备猛“为什么不马上来找我”，但其实当我这个伯伯看到那条新闻时，竟连一声悲痛的惊呼都没有发出。猛坚信他的哥哥是无辜的，但我的反应从始至终都显得很迟钝，这让猛很低落。

说实话，轻易接下一起刑事案不会给我带来多大收益，而且在这起案子里还有一座大山——当事人自认其罪了。这很麻烦，而且如果当事人在法庭上翻供，这场持久战又不知道要打到何时，简直是一次危机四伏的赌博。虽然我是他们的亲戚，但也不该主动接下这起案子。

反过来说，如果和我有血缘关系的侄子真的是杀人犯并被送进监狱，那么我身为律师的可信度就会大打折扣。

可如果我主动接下这起案子，最终落得惨败，这将是我无论如何都不愿看到的事。而且，如果在这起案子上过于投入，就没有多余精力去接待民事诉讼方面的客户，一定会被人说三道四。

不管从哪个角度来看，这对我都是一件麻烦事。

“啧啧，这个伯伯怎么是这种人？侄子都成罪犯了，他一点都不在意。”

“说得过分了，应该说他对人类的可能性抱持着一种宽容的态度。”

没错，我们接案子，经常会看到从人际关系和社会生活中浮起来的黑暗面。我长期与它们打交道，已经跟它们很熟悉、很亲近了，我也是在靠它们吃饭。如果这个世界上不再有龋齿，那么就不会再有牙医。一样的道理，如果世界上的黑暗不复存在，那我也将无处谋生。所以我对黑暗没有过多的讨厌，也不打算否定它，而只专注于盯着它，努力探索挖掘一条隧道，将光引进来就行了。

我戴上老花镜，凝视着猛在溪谷拍摄的黑白照片及其负片。照片里的川端智惠子长着一双大眼睛，显得有些懒洋洋的，是一个有魅力的女子。她笑着与稔肩并肩，表情没有一丝阴郁，宛如一对幸福的夫妻。

“至于会不会被定性为故意杀人，关键要看稔有没有杀人动机。如果当时他想着‘让她掉下去、杀掉她’而推开了川端智惠子，那就会被定为故意杀人，锒铛入狱。即便没打算杀人，但还是推开她而致使其掉下去死亡的话，也会被认定为故意杀人。但是，如果只是想推开她、让她受伤，没想过要让她掉下去、让她死，那就会被认定为故意伤害致人死亡，这种情况下可能会获得缓刑。总之都是微妙之差。”

“如果是弄错了，我哥哥会无罪释放吗？”

“那得有证据。猛，凭空猜测没有法律效力。对方也会列举出很多证据，如果我们想为稔做无罪辩护，那就得拿出证据。当时你没有看见吗？”

“没有看见。”

“要是当时你看见了就好了。虽然自己人的证言在可信度上有待商榷，但想要拿出别的证据也有点难。算了，你没看见也有好处。”

“怎么说？”

“眼下就只有报纸上报道的这点消息，如果你看见了，你也不得安生了。”

听到我的话后，猛缓缓站了起来，从装有照片的信封里取出一沓钞票，放到了我的桌子上。秘书和实习生就坐在隔断不高的对面，我真不希望他拿出这种东西。

“伯伯，我打算以我的方式拼到底。毕竟我只有这么一个哥哥。”说着，他又将手伸进信封，拿出另一沓东西，放到表情僵硬的我眼前。

“你们晃晃悠悠跑来跑去的时候很可爱，好怀念啊。”

玻璃窗外，电车从高架桥上疾驰而过，我说的话被那刺耳的声音抹得不留一丝痕迹。

猛要走时，我试着抒发了一句个人感想：“猛，你和你哥哥的感情很好啊。”

我的话或许有些唐突，猛沉默了一下，露出一丝自嘲的表情，说了句“还可以吧，一般般”糊弄了过去。

我从来没像现在的他一样，为了自己的兄弟做一些事。我从没有为勇热情高涨的时候。早川勇是他们的父亲，我的弟弟。

我二十二岁从老家一所大学的经济系毕业后，自然而然地准备继承家里卖煤炭的燃料店。我本来就是家里的长子，那时也已懂事，不用说，继承祖业是我理所当然的出路，而且在那以前我就一直在店里帮忙，对继承一事没什么抵触，继续接棒工作就是了。

就在那时，我遇到一个同学，他当时正在准备司法考试。知道那件事后，我也对司法考试产生了兴趣，想从每天一成不变的生活中逃离出来喘口气，于是权当兴趣学习了起来。我没有背负任何人的期待，也不存在任何生活上的压力，更没有必须考过的想法，只是想在没有目标的人生中，找一个永远都不会坍塌的障碍物。

虽然抱着这样的想法，但第一次考试没有通过却彻底激发了我的好胜心。我不断学习，再加上容易对一件事投入的性格，本是业余时间的学习，我却很努力，一开始的目标只是通过司法考试，渐渐地我感受到了律师这一职业的魅力。最后通过司法考试时已经二十八岁，但完全靠自学达到这种程度，我觉得自己还是不错的。

在乡下继承祖业的父母和律师、检察官的世界相去甚远，我没有对他们隐瞒在学习的事，他们也没有插手管我，只以为我又多了个爱好，所以当我通过司法考试、决定离开家去外面做律师时，他们二人如迎当头棒喝。

自然，他们反对我的决定，但幸运的是，当时从东京一所大学毕业的弟弟正为将来的出路迷茫。那时候正值经济高速增长期，找工作不是一件难事，但弟弟适应不了入职的公司，在人际关系上连连受挫。大学毕业两年，他换了四份工作，这也让父母觉得他的生活不太稳定。我和父母提出要离开的时候，弟弟刚好在找新的东家。

我很擅长说服人，把律师这一职业社会地位很高、能扶助弱者、很神圣等向父母一一道来，连哄带骗地离开了家。那个时候我已经办妥了去东京汤岛一家司法研修所的手续。就这样，弟弟和我角色互换，被叫回了老家，随后不得已继承了家业。

我最初并没打算让弟弟做替罪羊，只是迫于形势而已。但是他想当然地认为是我“先下手为强”。我不讨厌弟弟，但他爱慕虚荣，做什么事都要装腔作势一番，让天生乐天派的我看不惯。

弟弟的性格和我们老家盆地地形那种封闭型的特征如出一辙，但是他年轻时逃离那片土地的欲望却极强，违背父母意愿去东京读了私立大学，偶尔才回来一次，着装很时髦。而我对大城市从来没有什么特别的向往，看着他皮包骨头的样子，总是担心他的身体，完全没有一丝羡慕。既然他认为的成功是那个样子，那我也没什么好多说的。

后来，父亲顺应时代潮流，把家里卖煤炭的燃料店改造成了加油站，弟弟不情愿地继承了家业。我推卸了身为长子应该负起的责任，任性地追求自我，他对我的职业更没有表现出过丝毫理解。偶尔我回一趟老家，也会被他冷嘲热讽“只知道袒护做坏事的人”。他那么说没有任何道理，完全是对以前的事耿耿于怀。我为他感到可悲，但怕麻烦，不想和他争执。自从父母过世后，我就没怎么回过老家了。

思绪被过去的种种回忆牵绊，我的工作效率很低，做完事情回到家时已经快半夜了。

推开门，家里养的迷你腊肠犬贝斯摇着尾巴跑出来迎接我。我单手抱起兴奋地吠叫着的贝斯，安抚了它两下，向卧室走去。

睡眼惺忪的妻子浩美走过来接过贝斯，一边摸它的额头一边说“我们才不要欢迎晚归的爸爸”，随即又问我：“外面冷吗？”

“嗯，越来越冷了。”

“唉，真讨厌。”

“什么？”

“明天早上得去扔垃圾。”

“遵命，我现在去。”

“啊，那多不好意思。”

我从妻子手里接过公寓垃圾堆放屋的钥匙，双手提着一个大号垃圾袋朝玄关走去。出门时身后传来妻子的声音：

“等等，我再给你一个。”

我扭头开口道：“有件事想和你说……”

“什么事？”

“情况很严峻。”

“哦。”妻子的声音低了下去，那是她做好准备的信号。

“是我侄子。他牵扯到一起官司里，罪名是故意杀人。”

“啊？”

“我决定接下这起案子。他现在被关在老家的拘留所，随后我可能要经常不在家。”

“知道了。”妻子表情有些僵硬，嘴角倔强地向上扬起，把另一个垃圾袋塞到我的手里。

浩美是我的第二任妻子。

我来到东京取得律师执业资格后，一直在一家律师事务所当律师。五年后，当我三十三岁的时候，和当时在律师事务所当秘书的女子结了婚。结婚七年后我们离了婚，原因之一可能是没有孩子。

我和前妻间有一个再寻常不过的故事。前妻比我小五岁，梦想是嫁一个工作稳定的老公，全心全意支持他，守护好家庭。和她不同，我对家庭的兴趣不大。对于她为家庭付出的努力和忍耐，我无法给出相应的回应。渐渐地，我们两个人的关系僵化，她觉得做的事情越来越没有意义，最终忍不住提出了离婚。

浩美是我离婚很久后，受朋友之邀去一个网球俱乐部时认识的。当时我对网球没什么兴趣，觉得那种穿着短裤和袜子的运动和我无关。浩美是钢琴教师，比我小十六岁，也对网球感到头疼。就这样，我们有了交集。直到如今，我们去旅行时，如果住的酒店有网球场，谁都不会主动提出去打网球这种建议。

我觉得让年轻女孩子等太久不好，于是我们俩交往没多久后，我就一鼓作气向她坦白了。

“父母去世以前我不会结婚，我不想牵连别人。”

“确实有这个问题存在。我也没有勇气去见你的父母，忍受不了被揣测。”她完全能理解我，接着也向我坦白了，“我身体上有些问题，生不了孩子。年轻的时候我的卵巢被检查出有问题，就一直没有急着结婚，也很难能找到接受我的人。”

那个时候，我就认定她了。

父母去世后，我们马上结了婚。那时我五十岁，她三十四岁，距我们俩相识已经过去七年。

从那以后又过去十五年。现在人到中年的她十分优秀，仍旧是钢琴教师，有时在家教学生，有时去外边授课。她似乎并不想做一个好妻子。我们经常去外边吃饭，或者叫外卖。她不怎么关心我工作上的事，偶有兴趣，也都是对我负责的刑事案件产生了好奇心，像对女性周刊杂志感兴趣的大妈一般，来问我诸如药物中毒的被告人有什么奇特言行，非法滞留在日本的外国人家庭中的琐事等。但不可思议的是，正因为她不是一个“贤妻”，我成了一个顾家的男人。

扔完垃圾回来后，妻子把已经冷凝成块的鸡汤给我加热好了。我小口啜饮，把鸡肉撕成小块喂给趴在膝头的贝斯吃。贝斯吃得很香，突然跳起来吧唧吧唧地舔我的嘴唇。妻子虽然嘴上说着“被小狗舔到嘴唇，小心得怪病”，但一脸羡慕。

贝斯是一只五岁的母狗，换算成人类的年龄大概是三十五六岁。我突然想到如果这是我三十多岁的儿子，不由得想紧紧抱住它，抱住现在这种平静。就算得怪病那又怎么样？

我叹了口气，想必勇也很不容易。养育孩子是一件了不起的事，但同时也意味着在自己的人生之上担负起了别人的人生。我膝下无子，但客观地说，我也少去了孩子带来的种种烦扰，得以舒一口气。如果是我自己的因果报应，我勉强还能接受，但此外有一个继承了我基因的个体，不按我的意志行动，我却必须为其负责，一想到这里，我就觉得孩子真是我担负不起的一项大事业。

“还是贝斯好，不会走歪路，不用交学费，也不会带回来奇怪的男人。”

“你每天带它散步时都会这样说。贝斯，不能再吃了，再吃就变成胖子了。”

在妻子的呼唤下，贝斯从我的膝头跳了下去。

“是谁和你说的那件事？你弟弟吗？”

“不是，是猛，稔的弟弟。”

“哦，那个搞摄影的孩子。”妻子一次都没有和我家里的亲人打过交道，但听我提起过我的经历和家庭环境，她记得很清楚。“但是真的发生那种事情了吗？”

“怎么说呢，就目前的情况来看，基本没有太多怀疑的余地。”

“你很淡漠啊。”

“猛也这样说过我，说我满不在乎。但是情绪激动也解决不了问题，事实才是更重要的。”

“但是你确实很无情。”

我默默地喝了一口热汤。

“那边应该很冷，我把你去年那件深红色的外套拿出来吧。”

“那件的颜色有点太亮了。”

“没关系，那件挺好看的。”妻子说着放下贝斯，走进卧室。她向来主张自己的事情自己做，现在却替我收拾衣服，莫非明天要下雪？贝斯黏糊糊的口水在我的膝盖上反着光。

▲

我带着实习生伊贺坐上特快列车，到了终点站后又换乘以前的旧铁路，在通往莲美溪谷的单轨铁路站下了车。

我循着遥远的记忆朝站台走去，只见那里竖着一块两年前的小牌子，告知线路已废弃。我们只能先坐公交车去可以抵达的最远处，又叫了一辆出租车到了溪谷。

莲美溪谷曾是县里为数不多的一处游玩景点，地理位置偏僻，但一度繁盛，遍布特产店。不过，现在这里渺无人烟，山路上杂草丛生，一派鲜为人知的秘境模样。在这种环境中，别指望能找到目击者了。

妻子提议我穿登山鞋，但因为觉得与西装不搭，我穿了皮鞋，这个决定简直太糟糕了。

穿过河岸上一块块巨大的石头，我们终于来到了吊桥附近，我的皮鞋已满是泥泞。

吊桥边拉起封锁线，入口处竖着“禁止入内”的警示牌。

胆小的伊贺只看到警示牌就想退缩了，连连说着“就到这里就行了吧”。我把警示牌塞到他的腋下，朝吊桥走去。

我就像那种一看到高处和危险的地方就想飞奔过去的孩子，就算是这种吊桥，我也想跑着穿过它，在上面玩捉迷藏。

但是刚踏出第一步，视野就摇摆起来。

不一样，我想。

我自认为身体会有的感觉和实际上的反应竟然这么不一样。不，应该说我预料到了这种不同，但没想到反差这么大。

这座桥确实太老旧了，木头桥板上有许多裂缝，边角处已腐蚀掉落，似乎要把人伸出去的脚都吸入其中。吊桥在脚下摇摆的感觉像波浪一样传至身体各处，我试图寻求平衡，但身体不听使唤，迈出一步后，吊桥摇摆的幅度更大了。

但这时我已经不可能停下。身后的伊贺像个小姑娘一样不断提醒我留意脚下，固执的我已经走到了桥的中央。

我瞬间明白了川端智惠子坠落的原因。原有的钢缆断裂，低垂而下，于是备用加固桥缆被架设在桥体两侧。当时她脚边的桥板边缘部分少了一块，不太好走，于是提心吊胆地靠近加固桥缆。加固桥缆并未断裂，它原本由两根缆绳被金属扣扭合在一起，金属扣的螺丝钉在长期的风吹日晒下变得脆弱不堪。就在那时，加固桥缆承受了一个人的重量，螺丝钉松动，一个空隙由此产生，智惠子刚好从那里坠落了下去。

如果钢缆没有断裂，吊桥虽然危险，但一条条加固桥缆尚可作为扶手，而且它们交错形成的空隙是不足以让一个成年人的身体轻轻松松从中掉落的。

但是出问题的那条加固桥缆，位置是其中最低的一排。

如果事实真像稔供述的那样，智惠子是“被推下”的，那么出问题的应该是最上面的一排加固桥缆，因为那个高度正好位于成年人的背部中央。

吊桥长四十米，假设两人发生了争执，为什么气得发昏的稔偏偏要选择在最低的一排加固桥缆处把智惠子推下去呢？如果光从偶然性上来解释，是解释不通的。如果稔真的是蓄谋已久，事先了解到这座桥上这个位置是薄弱处，然后实施了行动，他也太厉害了吧？

最初报警时，稔对警察说“智惠子自己掉下去了”，但想要利用这一点来证明吊桥当时的状态却不容易。

我把还在桥头磨磨蹭蹭的伊贺叫过来，在桥上模拟起了“稔推开智惠子”和“智惠子自己掉下去”两种场景。

我让畏畏缩缩的伊贺扮演稔，他被绊了一下，摔倒在桥板上，惊呼的同时抓紧了身旁的钢缆。他跪在桥板上，抓着的是最低的那排加固桥缆，即智惠子当时抓的那条。

我恍然大悟，让伊贺保持不动，看了看他的脚下，只见本该起固定桥板作用的一根螺丝钉凸了出来，有鞋底那么高。

我俯身以贴在桥板上的姿势向桥中央望去，看到好几个地方都有凸起的螺丝钉。伊贺又疼又怕，一副哭相，一动不动。

我又观察了一下断裂钢缆的周围，在其前方约两米的位置，桥板正中央只有一根螺丝钉凸了出来。我慌忙举起脖子上挂着的数码相机，呵斥伊贺，像往常一样命令他教我操作方法，然后把他留在吊桥上，朝河对岸走去。

河对岸的树木长得更加葱郁，我在有野兽出没的山间小道上越走越远。脚似乎碰到了硬的东西，我下意识一瞥，只见脚下落着浅茶色的胡桃。我想起来这一片有原始的胡桃林，小时候我经常在这里捡胡桃，去下游的礁石上磕碎，大口吃下香气四溢的果实。

在回忆的驱使下，我使劲摇晃身旁的胡桃树树干，胡桃随即掉落下来。我太高兴了，把调查的事忘得一干二净，只顾摇着树干。

突然，一条鲜红色的带状物从我的眼前落下，我惊叫一声，松开握紧树干的双手，向远处一跳，双脚陷在潮湿的泥土里被绊了一下。

山间小道上一堆胡桃中间，有一条滑溜溜、细细的小蛇，瞬间失去了踪影。我从来不害怕蛇，这次却十分后怕，可能是多年没有见过野生蛇的缘故。

我吐了一口气，这时才注意到裤子已经脏了，想站起来时，发现身边及腰的地方有一片纯白色的小花。我不知道这些小花的名字，它们种类不同，却都是白色，这让我觉得很不可思议，想必脚下的土地养分充足。

白色的小花沐浴着透过枝叶间隙漏下来的阳光，我看得目瞪口呆，忽然想到一件事——那张负片。

我分明记得，猛交给我的那张负片上，白色的小花以黑色的形态显现出来。他当时是在这个位置吗？

我立刻向四周看去，泛红的叶子郁郁葱葱，将四周环绕得严密紧实，只能听到下方哗哗的流水声。我站起身来，从枝叶的间隙处远望时，看到了火柴棍大小的伊贺。虽然我的视线被低垂的枝叶遮挡，看得不完全，但可以确定，他站在吊桥上。

如果猛当时站在这里，那稔他们当时在哪个位置？猛真的什么都没有看到吗？

从我的位置看去，吊桥在微微地晃动，伊贺在吊桥上举步维艰。我喊了他一声，流水声盖过了我的声音，于是我又用更响亮的声音喊了一声。

伊贺好像听到有人叫他，但没有看到被树木遮掩的我。他不安地向周围看去。“您在哪里？”

意外的是，他的声音很轻易地就被山谷反射到了我的耳中，听起来异常清晰。我仔细地听着他的喊声。

盆地里太阳落山早，坐车回到镇上时，天已经全黑了。

我让伊贺回了东京，自己走向镇上的酒店，准备明天单独去见稔。我订的是带早餐的五千日元一晚的廉价酒店，但想想今后要住很多次，还是觉得有些不划算，虽然猛给的现金不少，但这样下去不久就会花光。老家其实离这里不远，但只有弟弟一个人住，我突然闯进去住下太冒失了。

吃完晚饭后，我联系了猛，他好像也刚结束工作，在回家的路上。他让我好好休息一下，但我没法放松下来。

“猛，我多嘴问一句，你真的什么都没看到吗？”

“……怎么突然问这个？”

“我在想，从你当时身处的位置，是应该能看到吊桥的。”

“能看到吊桥？从哪里？”

“从你拍照片的地方。你不是拍过一张白色花丛的照片吗？从那个位置，你……”

“从那儿可以看到吊桥？”

“虽然只能看到一点。你没留意到吗？”

“我要真看到了就会说的。我在那里的时候，哥哥和智惠子正在桥上吗？”

“那我倒不知道……你当时没听到一些奇怪的声音吗？”

“那里的流水声音很大，不是吗？”

“你没听到吗？”

“要是真有奇怪的声音，我会留意到的，也会说的。”

“这样啊。我在想，如果当时你在那里，吊桥上发生争执的时候，你是应该能听到的，但你却没有听到。没错吧？”

“没错。”猛的声音听起来有些生硬，随后他似乎要自行戳破那份生硬似的，轻蔑地笑了一下。那声音穿透听筒传到我的耳朵里，分外刺耳。“伯伯大概以为那种照片随手就能拍一两张？事实上拍照时注意力必须高度集中。”

我还是觉得太巧了，不过我不打算深究了。“好的，我知道了，在法庭上做证时你会这样说吗？”

“……嗯，会说的，我打算到时候就这样说。”

早川猛看到了什么、听到了什么，真相扑朔迷离，但探明真相不是我的职责。关键是这起案件中的唯一目击者早川猛，是否能证明被告人和被害人之间“没有发生争执”。

最后我问猛，是否需要捎几句话给稔，他说打算找个时间亲自去见稔，我只需要问我想问的就行了。

挂断电话，昏暗的酒店房间里安静极了。我也必须适应这里吗？一把年纪，我心中却没有把握。我只要一熬夜就会忧虑不安，于是早早地钻进冷冷的被窝，将身体缩成一团，闭上了眼睛。

▲

“但是真的是我的错，伯伯。”

我和早川稔隔着树脂玻璃挡板，坐在会见室的中央。他睡眼惺忪，像在说腹语一样，嘴唇几乎纹丝不动。

“但是不好意思，你自首的内容在我看来有疑点。我去过案发现场了，人确实是从桥上坠落的，但事实上没有那么简单。我问你，你推了智惠子后，她到底是以怎样的姿势掉下去的？”

稔沉默不语，回答不上来。

“桥缆脱落了，对吧？如果没脱落，她就不会掉下去，不是吗？是你故意让智惠子从交错的桥缆间掉下去的吗？不是的，桥缆脱落在你的意料之外，对吧？还是说，一切都在你的预料当中？”

稔没有回答我，低着头，视线飘忽不定。

“想想你被判刑后，你父亲和猛怎么办？他们都希望你是无辜的，去法庭上说出你为什么会自首吧！”

“让猛破费了，我很过意不去，他不该把钱花在我身上。”

稔提到钱的事，让我大吃一惊。他很注意措辞，但他的话里有责备的成分，无疑，他不欢迎我。

“你要真的这样想，就不要让猛的努力白费。”

“我个人倒是觉得，指定的律师也没什么不好。伯伯远道而来也辛苦了。”

“别这样说，我也想做点什么，我们是至亲。”我竟然说出了这么肉麻的话。

“我做了任性的事，十分抱歉。”

“能反省就好，我们一起努力吧！你过分自责了。”

稔没有接话，一直低着头。他看上去就像是在教师办公室被训斥的学生一样，只希望早点被放走，正在寻找身后的出口。

“离公开审判还有一些日子，我们好好谈谈，把事情往前推进。你是第一次上法庭吧？不用紧张，到时候的大体流程可以提前设想到。我们事先确认你会被问到的问题和你要回答的内容，在这里模拟也可以。随后我会把第一回合的流程打印出来寄给你，你先看看，好吗？”

“给您添麻烦了，请多关照。”

稔最后似乎调节好了心情，下定决心般朝我深深地低下了头。

乘坐下午的特快列车回到东京后，我在事务所做好要给稔寄送的模拟问答材料。

（一）开庭

法官入庭。

（二）核实被告人的情况

你接受指示前往证人席。起立。

你会依次被问到姓名、出生年月日、职业、现在的住所、籍贯。

（三）检察官宣读起诉书

（四）法官告知拥有保持沉默的权利

（五）询问发问环节（以下是问答举例）

审判长：“现在询问被告人。刚才检察官读的起诉书中的内容有误吗？”

早川稔：“我在吊桥上没有和川端智惠子发生争吵，我没有碰她的手。是她自己失去平衡跌倒后从桥上坠落的。”

审判长："起诉书中的事实，不是你自己供述的吗？"

早川稔："我当时的供述和实际情况有出入。"

…………

手机上传来一条信息，是妻子发的。她从学生家教完钢琴回来，路过我的事务所附近，问要不要一起吃饭。

这两天我一直在研究稔的案子，把其他客户的案子都搁置了。即使是小型事务所，要经营下去也不容易。我以为会拒绝，但身体投了反对票。我想，还是跟妻子一起去吃能让人暖和起来的火锅吧！

"稔的事怎么样了？"妻子嚼着热气腾腾的豆腐，问我。

"唉，情况不容乐观。他整个人很憔悴，但因为不知道等待他的是什么，有些不当回事。"

"你以前很少说起稔。"

"我对那个孩子没什么印象，他和猛不一样，给人一种很懂事的感觉。"

"你对这种人没兴趣吧？你就是喜欢那种有问题的。"

"也不是，不过，正因为他表现得没有问题我才担心，不知道他是否还好。当时得知他二话不说直接从我弟弟手里接手了加油站，我就觉得未必会是一件好事。他一直以来都太懂事了，懂事得不像真的。线绷得太紧就断了，于是犯了罪，这种事也不少见。”

妻子笑了出来，食物碎块从她的嘴里溅了出来。

“脏死了。”

“哼，那是我们自以为是的理论，或许他还在担心我们呢。”

“哎呀，也溅到这里了。”

“不过老公，你并不认为稔什么都没做，不是吗？”

“我不知道，我只想能赢下这场官司。”

“你是以伯伯的立场还是以律师的立场说出这种话的？”

“两者都有。”

“如果人真的是他推下去的，你作为伯伯……”

“浩美，我有些累了，别再为难我了。”

“哦，对不起。哎呀，我吃得好饱。”

就算我的侄子杀了人，我也要救他——我没有这种偏爱之心；身为伯伯，必须让杀了人的侄子获得自由——我也没有这种责任感。对于我和那个孩子有血缘关系这件事，我没有太多切实的感觉。我不认为该因此自责，但空虚感像冰冷的气泡一样飘浮在我的心中。如果这种空虚感在我们的共同努力下会对形势产生有利影响的话，它将不再会是被埋没的虚空。

后来我再和稔见面时，他不再那么顽固，跟我说话也不像第一次见面时那样带有挑衅的意味了。他可以完全按我的指示行事。

关于智惠子坠落时的情景，当初警方讯问时，他的回答是“因为是一瞬间发生的事，我记不太清了”，但我根据推测问出“当初是她使劲抓着钢缆，钢缆断开后她才掉下去的吧”，他也能肯定地回答“我想是那样的”了。我们商量完正事后，他会询问我的近况，有时候还会笑着开开玩笑。

不过，拘留所的生活还是对稔的身心产生了影响，他日渐消瘦。当聊到无罪释放后的话题时，他露出洁白的牙齿，开心地笑了。

其间平安无事，我们等来了对被告人早川稔的第一次公开审理。

猛坐在旁听席上，勇也来了。从我接下这起案子后，就没有和勇直接联系过。他穿着不知多少年前请人做的粗呢上衣，这种打扮让人对他穿着陈旧的印象越发强烈。他坐在猛的后排，与猛稍微隔开了一些距离。我们四目相对时，彼此微微点了点头致意。

三名裹着黑袍的法官进入法庭，宣告开庭。

坐在我前方的稔被法警带到法庭中央的证人席接受审判长的询问，他流利地报上姓名和住所，表现得沉着冷静。

穿着藏蓝色西服的检察官丸尾明人，用旁听人员听不清的、诵经一般的调子认认真真地读了起诉书，然后就座。

审判长木暮伴昭正对着稔，用像在背诵教科书般的措辞，告知被告人拥有保持沉默的权利。“被告人可以不回答不想回答的问题，可以在整个过程中保持沉默，也可以自由发言。但是被告人的发言将会被用作对被告人有利或不利的证据，请注意。明白了吗？”

“明白了。”

稔沉着的样子令我惊讶。马上就要在检察官面前推翻先前的供述，他却一点都不紧张，这让我确信这起案子能翻盘。

“被告人，刚才检察官读的起诉书中的内容有误吗？”

稔看上去深深地吸了口气。

加油，说出来吧，一口气说出来！

但是他好像是攒着那口气，一个字都没说。

暂时泄气了也没关系，鼓起勇气，我答应你会救你的，说吧!

“当时川端走在吊桥上，突然吊桥摇摆了起来……”

不错，继续。

“我觉得危险，于是……我当时要是没伸出手就好了。”

我的眼前一片空白。稔啊，你选择走这条路啊！我真想仰天长叹。

“她大叫着，甩开我的手。我没想到会被那样对待。怎么说呢，不由得觉得很生气，于是就推倒了她。”

女书记员敲打键盘的声音响彻法庭，如山的铁证被记录了下来。

“也就是说你承认检察官读的内容无误？”以稳健著称的审判长木暮反复与稔确认起诉书中的内容，十分有耐心，就像在问孩子一般。

“接着川端踉踉跄跄地坐到了桥上。”稔没有回答“是”，也没有回答“不是”。

审判长让稔用“是”或“不是”回答。

紧接着，滔滔不绝的字句就如决堤的洪水，从稔的薄嘴唇之间流出来了。“我反应过来，以为她要起来，于是伸出手，但她看上去愤怒极了，一脸惊恐地往桥边退去。我向她道歉说不会那样做了，朝她伸出手，但她突然摔下去了……”不停呜咽着的稔突然不再说话。

我感到体温骤然上升，脖子渗出汗来，视线与坐在稔正后方的猛相交，用眼神询问这主意是否是他出的。猛微微摇摇头表示否定，眼神中闪烁着不确定。

“那么，你并没有‘推下’被害人？”审判长的声音比刚才略微响了一些。

“我没有‘推下’。一开始我以为只要说了类似推倒的话，就会被认定是杀人凶手，于是说川端是自己滑倒的。我说了谎。但是，如果我……如果我当时不在场，她现在还会活着！”稔发出悲痛的声音，呼吸急促，眼里布满红血丝。

根据稔的叙述，就算稔在推倒智惠子即“第一次实际行为”时有杀意，当智惠子倒在桥板上时，杀意已经不存在了。稔看到智惠子倒下，心态发生改变，为了阻止她掉下桥而走向她，此为“第二次实际行为”。杀意没有从“第一次实际行为”延续到“第二次实际行为”，而且，为了让智惠子明白这一点，稔还特意用语言表明了态度。但是智惠子激动的状态仍在延续，她坐在桥上，以重心较低的姿势往后退，靠到业已破损的钢缆上，坠落河里。于是，稔推倒智惠子的暴力行为与智惠子坠落死亡这一结果之间不存在因果关系。稔全盘推翻了我的计划，却在最后关头说明自己是无辜的。

“如果当时我没有推倒川端，那她或许就不会在桥上的特定位置因体重而引起桥板脱落。每当我想到这件事，就觉得不好受。意外发生后，周围的人都不怀疑我，也不指责我，我恢复了往常的生活，心里却很痛苦。后来，我因为别的事被警察带走，主动对警察坦白川端的死是我的错，心里那块石头才终于落下了。”

我冒出的汗渐渐冷却。

检察官丸尾对突然出现的新证言没有立即反驳，只是一脸严肃地盯着稔。稔既没有看我也没有看检察官，抬头直面审判长，展现出一吐为快后的满足感。

“辩护人的意见？”审判长确认稔没有其他要说的话后，冷静地询问我。

我的身体抖了一下，脑中一片空白，但还是站了起来，因为我必须说些什么。“正如被告人刚才所述，这起案子是意外事故，不存在实际的杀人行为和犯罪故意。因此，我认为故意杀人罪名不成立。”

一切都回到了设想的状态。

庭审结束后，我不想和稔有过多的交流。默默收拾好东西后，我只对被法警控制的他说了一句“接下来会是一场持久战”，就默默低头离开了。

猛站在法院的玄关处，正在和一个中年女人说着什么。

那个来旁听的女人是川端智惠子的母亲。此前我和她只在电话里通过话，今天开庭后看到她在旁听席上，客气地对她点点头，算是打了个招呼。

川端智惠子的母亲本来站在被告人一方，相信稔是无辜的。事发后她说，“我女儿十分敬慕稔，把他当兄长看待，两人应该不会在桥上发生争执”。她对我也没有表现出过厌恶，甚至还对我说“一定是哪里搞错了，请别让稔被送进监狱”。今天在庭上听到稔说的话后，我不知道她会做何感想。我没有勇气去加入他们的对话。

猛得直面那位母亲，想必很不是滋味。那位母亲走后，我看到猛绷紧的后背稍稍放松了些，又过了一会儿，才彻底放松了下来。

我坐到福特车宽大的后座上，久久难以释怀。“完美的绝杀。你哥哥深藏不露，简直就是演员。不细细推敲的话，一切都说得通。你的担心多余了。”

“不是那么回事。”

“刚才的话是你哥哥废寝忘食想出来的吧？不，或许那就是真相。没想到他们两个人真的发生争执了，你怎么想？你之前说没听到任何争执……”

“怎样都行，如果事态会按哥哥说的那样往好的方向发展，我可以说那时候听到了。”握着方向盘盯着前方的猛冷淡地回答道。

“也是啊，现在我们只能坐上稔开的那辆车往前走了。不管怎么说，这场战斗开始了，接下来该准备故事配合他今天的证言了。但我要提醒的是，检察官也会拼命寻找不利证据反驳的，你们要有心理准备。”

猛看上去深思熟虑了一番，不住点头，随后在车站的环岛转弯处把车停了下来。

我抱起行李，打开笨重的车门准备下车。和猛道别后，我又开口道：“猛，你哥哥想怎样？”

猛没有回答我。

“我了解你，却不知道你哥哥是怎么想的。”

猛欲言又止。

“算了，就算是亲兄弟，也不见得会知道彼此的想法。我们东京见。”

我下了车，快步走向车站，准备赶乘十分钟后发车的特快列车。买票前，我往环岛那边看了一下，白色福特车还停在那里。

猛果然和我是一类人，对于我们来说，没有坚信的东西，只有想得到的东西。偶尔我们会停下来，对那样的自己困惑不解。

我一上车坐定就从包里取出资料，可是没想好该从哪里着手。不用说，得重新开始创作剧本了，再想想东京还有一大堆工作在等我，就更觉得喘不上气来。

我哗啦哗啦地翻看着资料，看到一张猛在莲美溪谷拍的黑白照片。

那张照片好像是用照相机的自拍功能拍的，照片上的三人合影有点歪斜。智惠子笑得很美，猛笑得无忧无虑，而稔温润如玉。照片上稔的表情，让我回想起遥远的记忆中还是孩子时的他模糊不清的面容，真人反而没勾起我的回忆。

车窗外的风景疾驰而过，我有些担心起来。

庭审结束的那天晚上，我躺在床上，妻子坐在梳妆台前往脸上搽乳液。她看着镜子里的我，问道："见到勇了吗？"

"嗯，他来了，但我们没交流。"

"唉，你还是这么固执。"

"不，固执的是他。其实也不是，当时现场很混乱。"

"勇也很混乱吧？"

"是啊，他看上去很疲惫。"

"他心中没底吧？光是儿子出庭这件事就够让人烦恼的。"

“嗯，他有这种反应很正常。我弟弟直率又较真，肯定理解不了。要是这种事放在我身上，我会发疯的。秘书出点错，我都会歇斯底里，会想这点事都做不好，会后悔雇用他。”

“秘书和儿子不一样，没人会因为遇上这种事而放弃儿子的。”

“也是。”

“绝对的。”

“嗯，或许是。”

“真的……不过也可能是我一厢情愿的美好想法。”妻子自言自语道，闭起眼睛开始按摩脸部。

我看不见她的表情，于是坐起身来。“我说，你也想有个孩子吧？”

“那当然了。”

“这样啊。”

“虽然有了孩子后不会只有好事，但如果连焦头烂额和操心的机会都被剥夺，还是会觉得很凄凉。”

“……这样啊，或许确实如此。”我又躺下身子，呆呆地望着天花板。

就在这时，妻子突然扭过来，冲着我敞开睡衣，露出胸脯。“话说回来，幸好我们没有孩子，我的胸部才没有下垂，你看。”

“真的。”

“虽然也没有变得更大。”

“好遗憾！”

我们在黑暗中笑出声来。

在枕头上睡着的贝斯翻了个身。

▲

川端智惠子的遗体被发现的次日，相关人员进行了解剖。结果表明，川端智惠子的遗体上有多处皮下组织出血和擦伤的痕迹，应该是她溺水前撞到水里的石块形成的。

我举起一张凸出的螺丝钉的照片，螺丝钉位于断裂的钢缆前方两米处的桥板正中央。此前，我曾拜托法医专家鉴定，川端智惠子臀部的一处伤痕是否由早川稔推倒她而造成。结果显示，伤口与螺丝钉头形状基本吻合，据此可知，我的推断可能性极高。从这一点可以反推出智惠子被稔推倒后倒下的位置，继而可以解释她倒在桥中央、臀部被螺丝钉擦伤时的姿势。

由此，争论的焦点就集中在了“第二次实际行为”，即被告人对跌坐在桥板上的被害人采取了怎样的行为。

“上次庭审时你曾表示，你没想到智惠子会在桥上跌倒，你使用了‘我反应过来’的表达。在那之后你做了什么？”

“我向智惠子道歉，然后伸出了手。”

“你对她说了什么？”

“我记得说了‘对不起’之类的话。”坐在证人席上的稔比之前气色好了很多，在加油站晒得黝黑的肤色被捂白了一些，肌肤呈现出些许透明感。

“只道了一次歉吗？”

“不，我反复说了好几次。”

“你伸出手，是想让她再跌倒一次吗？”

“不是！我想扶她起来，也说了‘抓住我的手’。”

“可以理解为，你向她充分表明了不会再做出刚才那样的粗暴行为？”

“是的。”

“但是智惠子往后退了。”

“是的。”

“请在这幅图上指出，她当时退到了哪个位置。”

稔的目光移动到了放在证人席的吊桥示意图上。稔推倒智惠子的地点和智惠子坠落的地点被分别标记为 A 和 B。

“……B 这个位置。”稔两次回答间隔的时间掌握得非常好，就像和我提前商量好似的。

第一次庭审后，我在和稔接触时假装一切都没发生。

因为胜券在握，我甚至说出“我只是个律师，会按你的指示行事”这种话。

对于稔在第一次庭审上出乎意料的言行，我没有一句怨言，他可能会觉得我的反应不自然，但也应该明白，这是没有办法的事。

同时，稔也让我觉得有些可怕。从这一点上来说，我们两人打了个平局。

“到了B点后，又发生了什么？”

“她突然摔下去了。”

“‘突然’是她到达B点之后多久发生的事？”

“一瞬间，我感觉就是一瞬间的事。”

“好。那之后你做了什么？”

“我想抓住她的胳膊，于是向前探出身体。”

“是出于什么原因？”

“嗯？‘出于什么原因’？”

“你究竟是出于什么原因想抓住她的胳膊？”

“当然是希望她能得救！如果我能抓住她的手，就……”

在会见室模拟此处的问答时，稔回答得几乎不带感情，但现在他的回答里夹杂着愤怒和悔恨，我无法判断是出于他的真心还是演技使然。

“为了阻止她掉下，你尽最大努力了吗？”

“是的，我认为是这样。”

“我问完了。”我从稔手中取回示意图，用眼神鼓励了他一下，然后坐回到座位上。

换检察官丸尾提问了。他舒展了一下身体站了起来，似乎在说“接下来你要出丑了”，然后像炮口对准了目标一般，身体重重地倚到被告人席上，开始沉着地提问。“你说过你恐高，那过桥的时候害怕了吗？”

“是的。”

“正常走过去的时候也会害怕吗？”

“对我来说……是这样的。”

“因为你感觉吊桥很危险，一不小心就会掉下去，对吗？”

“对。”

“你在吊桥上推倒被害人时，用的是单手还是双手？”

“双手。”

“被害人身高一米五八，体重四十七公斤，是个弱不禁风的女子。你身为男性，在那么危险的吊桥上用双手全力推倒她，是想让她死吧？”

“怎么会?！我没有那样想！”

“你完全想象不到当时的情况有多危险吗！”检察官虽然在提问，但句尾没有采用上扬的语调，宛如在断言。

面对检察官的步步紧逼，稔激动得声音都走调了。

“你只是走过吊桥，都能想象到稍有不慎就会危及生命，对吗？”

“……”

“能想象到吧？”

“……嗯。”

“就算你没想杀智惠子，但完全明白你的行为有可能将她置于死地，不是吗？那不就等于想杀她吗？”

我马上举手示意，对检察官诱导证人推测提出异议。

审判长认为反对有效，检察官没有看我，继续道：“那我换一个问题。你说过你想拉她起来，所以伸出了手，对吗？”

“对。”

“你没想到你的行为会导致截然相反的后果吗？”

稔不理解发问目的，静静地抬头看着检察官。

“对她来说，你在此之前刚用全力推倒了她，现在却温柔地伸出手。她不会认为你是真的亲切吧？”

“……”

“被害人跌坐在桥板上后，大喊‘好疼’了吧？”

“是的。”

“你看过她被桥板上的螺丝钉擦伤的伤痕吗？隔着衣服

都造成了那么严重的皮下出血，你知道意味着什么吗？就像被踢飞一样疼吧？如果她还活着，那种伤痕或许会伴随她一生。你看到了吗？这里有照片。”

“……”

“你试着站在智惠子的立场想想。你让她遭遇这种不幸，她不会对人性心生恐惧吗？”

“这……我觉得会。”

“你说向她道歉了，说的是‘对不起’吧？”检察官发出一声轻蔑的笑，“‘我改过自新了’‘我再也不会那样做了’……这都是加害者的惺惺作态。对于受伤害的人而言，恐惧感不会因此就消散。你完全想象不到这些吗？如果真的是这样，那我认为，你对别人的心情也太不敏感了。”

“那只是您个人的想法！”我提高音量，表现得有些激动。

检察官这才终于朝我这边看过来，然后露出轻蔑的笑容，没有再继续。

检察官丸尾并不是坏人，每个人都能感觉得到。但是余光瞥到低着头的勇后，我还是很不好受。不管稔最终是否被定罪，丸尾刚才的询问都对勇造成了不小的打击。

“怎么样？智惠子是被你吓得后退然后坠落的，清楚了吗？”

"检察官没有撤回询问，审判长，我提出抗议。"

"检察官有什么要说的？"

"我认为抗议不合理。"

法官们合议的短暂间隙，检察官像盯着猎物一般紧紧盯着稔，一动不动。

"抗议有效，请检察官换一个问题。"

检察官宽阔的胸脯上下起伏，他深呼吸了一次，然后一改之前的语气，温柔地问道："假设智惠子是自己跌倒的，她会对你伸出的手躲闪吗？事实上，她是被你推了一把才跌倒的。后来你伸出了手，她认为那是一种攻击。你很清楚这些，但还是逼她了，对吗？"

稔脸色灰暗，看上去既困惑又震惊。上一次庭审他没有按我们说好的剧本演，这一次却很配合，再次展现出精湛的演技，他到底是怎么想的？

检察官说出他最初自首时的动机了吗？他听到检察官的话后，再次被负罪感支配，于是心生动摇？

又或者，他只是演出了心生动摇的样子，而最初所谓的负罪感根本也是一场表演？

我无法做出准确的判断。

接下来，稔面临的境况会更加恶劣，他的秘密将接连不断地被曝光。

我曾经负责过一起刑事案件，被告人在服刑期间寄给我的信上这样写道：“最痛苦的不是接受警察讯问的时候，不是被拘留的时候，也不是现在在监狱服刑赎罪的时候，而是等待审判时——自己的一切，不管和罪行有没有关系，都要暴露在不相干的人面前，遭到他们严厉的批评，而我只能沉默。更何况，这一切都会被亲人看在眼里。”

检方目前没有物证和间接证据来证明稔推倒智惠子后的想法，他们接下来必然会寻找稔怨恨智惠子的证据，以证明稔具备杀人动机。

庭审结束时，太阳已经落山，猛邀请我当晚住到他们家。

纵然我不怎么情愿，但还是觉得应该告诉勇，可能面临什么样的审判结果。我决定如果被他问到，就如实相告。

当晚我们围坐在一起，吃着猛从外边买回来的晚饭。饭桌上，勇突然表示接下来不想去法庭上旁听了。随后，他把积攒的屈辱和愤怒一并朝我砸了过来。

“稔会怎么样？”

“还不好说，有结果前再忍耐一下吧。”

“你不是有把握赢吗？你不是专业人员吗？”

“得他本人翻供才有把握，要是我的把握能作为证据使用就好了。”

“你这家伙是干什么的？就不能帮我们一次吗？因为你任性，我平白无故替你承担了什么，你又不是不知道！”

“你因此拿到的东西也不少吧？一味觉得只有我是受益者，简直就是被迫害妄想症导致的想象力匮乏！”我的弟弟没有一丝改变，这让我打心底里烦透了。“自从我离开这个家后，每次回来都是这样，每次都是！这对你有什么好处，解决你心里的问题了吗？让你更好受了吗？”我对自己说出口的话也烦透了，放下筷子，穿上外套站了起来。

“伯伯，现在太晚了，没有电车了。”猛抓住我的袖子。

“总会有办法的，我还是回去更好！”

“快回去！快回去！”勇站起来，端着还没吃完的饭离开了饭桌。

“嗬——”

“干什么啊，让伯伯住下怎么了？”猛马上站起来，按住我的肩膀。

我边穿鞋边说：“我没事，不好意思，我不应该来的。”

“别这样，留下来吧！老爸你到底在干什么？都这种时候了！你们兄弟俩不忙的时候再吵架好吗？”空荡荡的家里回响着猛的吼叫。

话说完了，但感情还没有冷却下来。一片混乱中，我似乎听到了猛像孩子般哭着撒娇的声音。我从没听他这样哭过，震惊之余回头看过去。

端着碗的勇也呆立在厨房，一言不发地看着猛。我们对视了一眼。

当天晚上，我和勇都在供奉有佛像的宽敞房间休息，但我们不是一起去的。

我和猛东拉西扯地闲聊了一会儿，猛为晚上发生的事感到难为情，没多久就赶我回房休息。

我进房间时，灯已经熄灭了。勇一动不动，但我觉得他可能还没睡，于是喊了一声。

“喂。”

没有回应。

“勇。”

还是没有回应。

我侧耳听到微弱的呼吸声，人在睡眠中会发出这种声音。

遥远的记忆复苏了，我突然想到勇从小睡眠就很好，躺到枕头上就能睡着，早上很早就会起床，而我则经常熬夜。这些年来，我们都没有改变。

以前我越到晚上越精神，和身旁的勇说各种事情，但说着说着他就不接我的话了。我一看，他早就睡着了。每天早上我们要起床帮父亲干活，我总是睁不开眼睛，恶心得想吐，但勇的状态却很好。

眼睛慢慢适应黑暗后，我才终于看清勇。

他仰躺着，长着一张老年人的脸，和我记忆中那个一躺到枕头上就能睡着的孩子的脸完全不同。我又想起他目睹儿子受审后，整个人显得越来越矮小，用手支着座位费力地站起来。他离开法庭时，从背影看上去比我还要年长十岁。

勇盖的被子有点霉味，我突然不由自主地想，有一天他的身体会在这席床铺上渐渐变得冰凉。我赶紧把这个想法抹掉。我实在不想看到那一幕，只希望可以先他一步离开这个世界。

不知怎的，此时妻子和贝斯仿佛都不再与我相干。这个又大又古老又昏暗的家就像一个宇宙，一直以来，勇一个人是怎样生活的？成年后，我第一次想到这些，第一次畏惧于这个宇宙如此深邃的孤独。一种失去的感觉毫无缘由地侵袭而来，我们失去了太多的时间。

我和弟弟间的隔阂恐怕永远不会消除。我一直有一个想法：发生过的事就是正确的事。我和勇之间发生过的事情不会改变，但幸好他还在这个世上，那么我们之间发生的事就并非毫无意义。弟弟虽然在这个世上，但我永远都看不到他的人生。不可思议的是，我现在终于能完全接受和切实地感觉到，我有一个侄子早川稔这件事了。

我弟弟的两个儿子之间，不能再有我和勇之间的遗憾了，我想。

静静呼吸着的弟弟开始打起鼾来，我的意识也渐渐模糊。

第五章

早川猛的叙述

低垂的枝蔓遮挡住了我的视线，但我仍能远远地看到哥哥蹲在像玩具一般的吊桥中央。他面无血色地俯视着桥下的河水，双目圆睁，眼白部分格外显眼，闪着白光，仿佛蜘蛛网上一只被夺去自由、无能为力的虫子，对马上要向它袭来的魔爪充满恐惧，颤抖不已。

耳边好像传来哥哥慌乱的呼吸声。我胸口发热，额头冒出汗来。我看到哥哥的背影，他颤抖不已，身体紧贴着桥边，似乎随时都有可能掉下去。

我得过去。

我在盛开着白色花朵的山谷里奔跑起来。

我什么都不知道，才没有看见哥哥推倒智惠子，甚至都不知道他们两个人在过桥。哥哥什么都没有做，智惠子是自己不小心滑倒坠落的，哥哥什么都没有做。我和哥哥都希望智惠子平安无事，事发后马上就报了警。我们没有隐瞒什么，只是做了遭遇意外后的人会做的事而已。

但是森林太深了，我一直跑，却看不到光亮。好不容易觉得总算跑出去了，却又跑回了山谷。白色花丛看上去比先前更茂密了。我透过树木的间隙，看到哥哥仍然蹲着。

我又跑起来，穿梭在森林中，结果又跑回了同样的山谷。每到达山谷一次，白色的花就比上一次到达时更多，我和哥哥的距离就变得更远了一些。

为什么我找不到回去的路?

又重复了几次后，周围全部变成了白色的花，甘甜的花香刺鼻，让我喘不上气来。我捂着嘴拼命呼吸，再次看向吊桥时，发现哥哥不见了。

一阵声音把我吵醒。年轻的制作人敲着窗户，告诉我之前因首都高速公路交通事故堵车迟到的男模到达摄影棚了。地下停车场一片昏暗，我不知道现在几点了。被汗水浸湿的衬衫贴在后背上，带来让人不快的凉意。

我做过很多次这个梦了，梦中能意识到在做梦，却怎么也醒不了。我心跳加快，想起在吊桥上抱着哥哥时的感觉。哥哥的身体就像一颗剧烈跳动的巨大心脏，为了不让它从我的臂膀间飞出去掉到桥下，我只能用力抱紧。

我很担心哥哥理解不了我说的话，但是他表现得很好，之后的行动也遵照了我的指示。

生平第一次和刑警谈话，我紧张极了。问我们话的刑警是一个中年人，言谈间不失沉稳，一眼看上去和疲惫的上班族没什么两样，但是提的问题充满让人知无不言的威慑感。所以我去接不堪重负的哥哥时，又拥抱了他一下，想给他一些鼓励。

哥哥一副失魂落魄的样子，难为他了，这已经是他能展现出来的最佳状态了。哥哥为人正直，从不欺负别人，可人生竟然因为这件事变得如此乱七八糟，真是不公平。

入夜后，刑警告诉我们在下游发现了智惠子的尸体，当时哥哥的态度明显不像白天那么紧张了。我想，这一关终于过去了。

我希望哥哥的生活恢复以往那般平静，不再为这件事烦恼，却没有勇气陪在他身边凝视必须为此耗费的时光。我只想尽快离开这座小镇。

智惠子葬礼的那天晚上，我在家冲过澡后去了二楼，将哥哥房间的门推开一个小缝。房间里一片昏暗，不过借着走廊上微弱的灯光，可以窥见里面的情况。哥哥从小就一直用的书桌上，摆着修学旅行时买的幼稚的礼品以作装饰。时间似乎停在了我离开家的那一刻。再往里的单人床上，穿着加油站工作服的哥哥趴着一动不动。

莲美溪谷那件事发生后，时间一晃而过，转眼间我们陆续经历了确认智惠子的遗体、守夜、参加葬礼、捡遗骨一系列事情。火葬场的员工说着“这位女士很年轻，佛祖将其遗骨都好好收起来了”，将智惠子小小的第二节颈椎骨捏起来给我们看。那时我才知道，人的遗骨和坐禅的佛像极其相似。我们围成一圈，就像博物馆的游客被奇珍异宝吸引一般，甚至有人发出惊叹声。应该为这种行为感到羞耻还是自责呢？没有人能说明白。我们对智惠子突然离开这件事还没有真切的感觉。那之后，哥哥就去了加油站。

哥哥趴在床上，后背一动不动，看上去就像一张照片，我甚至都感觉不到他在呼吸。

不会吧？我使劲推开门走进房间。

“怎么了？”哥哥发觉我进来了，保持着原有的姿势，沉着地问道。随后，他伸了一个大大的懒腰，坐起来笑着说：“不小心睡着了。”他的牙齿在黑暗中闪闪发光。

我像被人打了一棒，没有再往前走。为了掩饰心头的不安，我脱口而出：“我准备明天回东京。”

哥哥的脸上闪过一丝落寞，他在床上正襟危坐，像陌生人一样低头对我说道："给你添了不少麻烦。"

我不知道说什么好，最后开口道："没关系，我没事。"

哥哥听我回答得这么正式，有些害羞地笑了。那是他惯有的笑容，和母亲去世前在我面前展露的笑容一模一样。

第二天一早醒来，家里只剩下我一个人了。我按哥哥交代的那样关好门，发动了福特车的引擎，离开了家。不知道下一次再回这个家来是什么时候。

路过加油站时，我本想去向父亲和哥哥道别，但看到那个顾客被哥哥按在车窗上时，我猛踩了一下油门。我受够了，再也不想卷入这些麻烦事了，恨不得马上就从这里逃离。

人生是接连不断的选择。如果那个时候我踩的不是油门而是刹车会怎样？或许就不会发展到哥哥去自首那种最糟糕的情况了。但在当时，眼前的那点麻烦事，就是我能看到的人生中最糟糕的情况。可能我在选择时，更倾向于回避糟糕的选项，而不是选择更好的选项。对我来说，再没有比漫无边际地去设想"如果当时……就好了"更令人心烦的了。

正因如此，我悔恨万分。事情发展到这一步，不是不可以预见的，毫无疑问是我的过错。哥哥对顾客施以暴力，这让我很震惊；他没有照我的意思行事，也让我很生气，但是我更悔恨没能将这件事扼杀在萌芽阶段。对我来说，理解哥哥的心情易如反掌，从小到大一直都是这样。他永远朴实无比，无法若无其事地伤害他人，就算他的坦诚和温柔会给周遭带来不幸，他也不会意识到。

小时候顽皮的我被父亲和祖父训斥时，哥哥总是会替我说好话。我几乎从来不为做过的事道歉，就算事出有因，父母也会不分情由先大骂我一通。我很反感不分青红皂白的父亲，会故意不对他说原因，这让我有一种掌握了真理的优越感，就算被他狠揍一顿，我也能忍受那份痛苦。

但是哥哥不忍心看我受苦，总是会突然闯入我们中间，将我以沉默捍卫的原因和盘托出。这样一来，我突然就沦落为“情有可原的可怜孩子”，被人摸着头安抚。这不是我的本意，每当遇上这种时候，我就觉得可怜无比。

我不是不知道哥哥的好意，也并非不会为此感到开心，但是一切都偏离轨道了，这不是我拼命战斗想要夺取的东西。最后大家只能记得哥哥有多么体贴，对我这个有隐情却不说出来的倔强孩子敬而远之，就连父亲也会因为无故怀疑我而觉得不光彩，扭扭捏捏地一脸不自然的表情。

现在大家应该都被情绪突然爆发的哥哥吓呆了，不知道说什么合适吧？但引爆了情绪的火种并不是恶意和癫狂，而是哥哥一直以来的坦诚，这没什么好怕的，真正麻烦的，是拥有爆发力的坦诚。我不会再对哥哥的坦诚置之不理了，我在心里暗暗发誓。

哥哥一定不知道他在做什么，他被负罪感折磨得偏离正轨，也很害怕吧？但他还是不得不裹着这副皮囊，焦躁又忧心忡忡地活下去。如果他的手中有把刀，一定会想割开这副皮囊吧？可怜的哥哥，我理解他。只有我能带领他逃离那片黑暗。

但是，后来我在小小的会见室里隔着树脂玻璃挡板看到的男人，和哥哥判若两人。

他故意模仿伯伯，眯缝着双眼把手心时而凑到眼前，时而撤开老远，还笑着说："他戴着老花镜都得这样看。连字都看不清，还想跟法官斗？"他一脸奇痒难忍的表情，努力把笑声压在喉咙里。

"并不是这样的，哥哥。伯伯依旧在为这件事努力。"

"我跟你说，那个人不行。我一直都这样觉得。"

不知从哪里传来空调运转的声音，在会见室兀自回响。

我第一次听哥哥那样说，之前我一直认为他喜欢伯伯。虽然伯伯向来与我们关系疏远，但偶尔父亲说伯伯坏话时，哥哥总会责备父亲，为他说话。难道那个人不是哥哥？那时常挂念着伯伯并在电话里提议让我见见他的人又是谁？

“猛，如果我被认定有罪，该怎么办啊？”哥哥嘟囔了一句。

“别乱说，不会的。哥哥你说什么呢！”

“说真的，我总是在想，你们该怎么办啊？”哥哥像调皮的孩子一般翻转着眼珠子窥视着我。

我很困惑。伯伯明明告诉我哥哥很配合，甚至都准备翻供了。“别总往坏处想，现在不是消极的时候。”

“消极？我才没有。猛啊，你是不是希望我自首啊？”

“你这话是什么意思？”

“你知道在咱们这种闭塞的小镇上，被人贴上‘害死了从小玩到大的伙伴’的标签，意味着什么吗？”

“哥哥你在说什么呢！大家都知道你的为人，一切都会好起来的，小镇敞开了温暖的怀抱在等你回家。”

“哼，你居然说这个小镇‘温暖’，好奇怪啊。”哥哥明显在向我挑衅，他飘忽不定的笑容透过电话听筒的小孔传了过来，似乎想要牢牢缠住我。“算了，在那个加油站过一辈子和在牢房过一辈子，没什么太大差别。一想到再也不用给愚蠢的顾客点头哈腰，就觉得在这里反而还更轻松呢！对，我说的就是那个小混混，我狠狠地揍了他一顿，反正要揍，不如揍破他的头。”

哥哥身后穿着灰色制服的狱警将视线投了过来。

“这种话不可以说。”

“为什么？你不就总这样说吗？”哥哥用不可思议的表情直视着我。

哥哥这副无赖的样子和印象中他该有的模样差距太大了，我不由得将脸扭到一边。

“反正人生很无聊。”

“没那回事。”

“你在说什么？”哥哥微微一笑。

我依旧没有看他，努力挤出一句：“哥哥你很优秀，我很失败，我的人生都在逃来逃去。”

“因为人生很无聊，不是吗？”

我惊讶地仰头看向哥哥，他不再微笑，用毫不回避的视线看向我。我感觉自己脑海中的东西在慢慢地灼烧殆尽。

“你的人生多精彩，做着别人替代不了的工作，能见到各种各样的人，还有不错的酬劳。再看看我，工作无聊，不受女人欢迎，回了家无非就是做饭洗衣，听老爸唠叨，现在还杀了人。你说这都是些什么事？”

“别说了，不是那样的。”

“就是这样的，哪里不对了？我不知道为什么会变成现在这样，一件好事都没有。喂，为什么？为什么我和你差别这么大？”哥哥表情松懈下来，开始颤抖。

而我不可思议地冷静了下来。哥哥，就是这样，你本来就应该这样想，为什么之前一直藏在心里不说？你不必一直忍着的。“哥哥，不是你的错。”

“你知道什么，给我闭嘴！”哥哥大吼起来，伸手想打我，但是厚厚的树脂玻璃挡板架起一道屏障，将他的拳头挡了回去。

狱警扑过去从哥哥身后反剪他的双臂。伏倒在桌子上的哥哥像个孩子一样尖叫着，带伤的右手使劲捶打着桌面。“坏事都轮到我头上！我头上！”

我想制止哥哥，但连他的手都碰不到。

狱警慌忙告诉我探监结束，催促趴伏在桌面上抽泣不止的哥哥离开会见室。

“哥哥，那就离开这个地方！我帮你离开这个地方！”我大声喊道，不想让这句话淹没在他的哭声中。

就在这时，哥哥突然抬起头，朝话筒吐了一口唾沫。

一片混乱中，狱警粗暴地架起哥哥的双臂，连拖带拽地带走了他。

哥哥的脚步声慢慢远去，空调运转的声音再次在耳边回响起来。空气稀薄，我感觉像在大海深处，看到一块以哥哥身形为轮廓的巨大的广告牌缓缓漂浮其间。

哥哥内心爆发的情绪不是耿直和坦诚，那只是我一厢情愿的想法。广告牌的后面是不折不扣的愤怒。它们像沸腾许久的岩浆，生出了邪念、污秽和恶意，向我扑来。

我一方面讶异于哥哥此前从来没有展现过愤怒这种感情，间或觉得有些烦躁，另一方面却又像是看到了被阉割的人，感到一种低级趣味般的愉悦。这些感觉都真实存在。

一直令我困惑不已的谜题终于有了答案，我有一种被释放的感觉，同时又像是刚从冰冷的水中出来一般，感觉体温被夺走了。

刚才我说监狱中的这位先生更优秀，并非是在挖苦他。

哥哥的表情熠熠生辉，完全不同于以往。有生以来第一次折磨弟弟，让他发自心底感到愉悦。他现在并不是在黑暗里，这点黑暗对于他来说已经过分光明了。

哥哥吐出的唾沫穿过听筒飞溅到我的脸上，残留着湿气，很不舒服。一种前所未有的寒冷穿行在皮肤之下，让我的牙齿咬得咯咯直响。

本该再适应不过的闪光灯让我觉得头晕目眩。糟糕，镜头前站立的男模变成一块白色的物体飞走了，取而代之眼前出现了另一幅场景：愤怒不已的哥哥用力推倒智惠子，智惠子的身体就像橡胶玩偶一般被轻易弹飞，倒在了吊桥的桥板上。

一瞬间眼前恢复了正常，一直保持一个姿势不动的男模有些坚持不住了，我慌忙按下快门。摄影棚里的闪光灯每闪一次光，哥哥伸手步步紧逼、智惠子连连后退的场面就会像插播的广告一般，浮现在眼前。

要是以前的我，看到哥哥在法庭上声泪俱下，怎么可能会怀疑？哥哥讲了一个故事，叙述他是怎样一步步走上证人席的，完全是在标榜他有多么“坦诚”。他对智惠子的死表示哀悼，把所有错揽到身上，然后还疾呼他是无辜的。

“一开始我以为只要说了类似推倒的话，就会被认定是杀人凶手，于是说川端是自己滑倒的。我说了谎。”

这句话也是谎言。

川端是自己滑倒的——哥哥并非因为害怕说出了这句话。真正害怕的人是我。

哥哥在法庭上颤抖着、痛苦地说他向倒下的智惠子多次道歉了，想把她拉起来而伸出了手，这些都被法庭方面认真听取了。

那天，我站在河对岸的礁石上，将相机镜头对准深绿色的水流，突然听见智惠子在喊我。“猛！”那刺耳的声音响彻山谷。我顺着声音传来的方向看向吊桥，只见智惠子冒着危险将身体探了出来朝我挥手，哥哥阻止了她。我脑中顿时一片空白，匆忙将身体隐在花丛里。

当时我就藏在那丛白色的小花里，为了逃避刚才那烦人的一幕，我将眼睛凑到取景器上，对着花朵按下快门。

哥哥高声说教的声音随即乘风而来，传到我的耳中。

我看到智惠子和哥哥以一种不自然的姿势紧贴在一起向前走。本以为他们在玩闹，仔细一看，更像是饲养员按压着拼命想要逃走的失控野兽。

智惠子曾经跟我说过，“那个人可能已经发现我们的事了”，现在回想起来，这句话充满威胁的意味，不像是我印象中言谈谨慎又温和的智惠子说出来的。

智惠子在吊桥上对哥哥说了什么？我不该留他们两个人独处的。现在再说什么都晚了。

曾经的我在遇到麻烦时会夹着尾巴逃跑，接着一切就会好起来。那种日子一去不复返了。

我在法院见到了川端阿姨，上次见她是在智惠子的葬礼上。

在开庭以前，川端阿姨一直都认为智惠子的死纯属意外，我和哥哥在守夜时和葬礼上帮忙时，她还不停道歉说给我们带来了麻烦。但庭审结束后再次相见，一切都不一样了。

她叫住了走出法庭的我，给了我一个小号纸袋，让我转交给父亲。纸袋里装着已经洗干净叠好的衣服，那是智惠子在加油站工作时穿的工作服。

川端阿姨不再年轻，倦容满面，但比起我小时候印象中的样子，脸上多了几分女性魅力。

我想起那一晚智惠子说她母亲“很幸福”。我当时问她：“你母亲再婚，你会不会觉得有些孤单？”她摇摇头，笑着说“已经过了那个年龄了”。我没有再问她一个人会不会觉得孤单，如果我当时问出口，她会回答什么呢？

那件事发生后，我不愿再去回想智惠子，连一点关于她的事情都不愿想起。谁都不愿把不幸的原因归结到自己身上，但一想到给她带来不幸的种子里有一颗可能是我撒下的，我的脚就像被粘到什么东西上一样无法脱身。

我做了什么，没有做什么？我和一个女人上了床，这就引发了凶杀案？那审判我好了。如果得进监狱，那就把我送进监狱好了。这么夸张地设想了一番后，我才意识到，我在没有人注意到的地方犯下了不会被法律制裁的隐秘的罪行。这让我觉得更难得到救赎，一种不断膨胀的沉重感压迫着我的心。

伯伯说过，犯罪分为作为犯和不作为犯两种。作为犯指采取了积极行为导致的犯罪，不作为犯指没有做应该做的事而导致的犯罪，比如母亲不给婴儿喂奶导致婴儿死亡就属于这一种。川端阿姨的表情就在怀疑我犯下了某种罪行，她的心理活动似乎是："恐怕这个人也有话没对智惠子说。"

我和川端阿姨都努力用明快的语调聊着没有重点的家常，说了两三句话后，我们道别。这时，她眼角的皱纹不可思议地变了形，她哆哆嗦嗦地张开嘴嘟囔道："猛，智惠子是那种会被人杀死的孩子吗？"

她似乎被说出口的这句话搅得心绪不宁，逃也似的扭头离去，只留下这句不知道在问谁的话，久久地回响在冰冷的大理石走廊上。

我按下快门，不知道为什么今天比平时更健谈。我认识这个叫慎吾的男模很久了，但感觉今天拍出来的人好像不是他似的。负责布景和照明的工作人员都是老员工，他们也都是按照我的指令行事的，但是看着取景框，我总觉得不像是自己拍出来的照片。编辑们看到冲印出来的照片后，倒是都异口同声地说好。能得到他们认可就行，但不知为何，我还是感到一阵强烈的空虚。

在东京住着，很容易就坠入忘却的深渊，忘记那些被新闻报道推着向前的日子。以我的知名度，还远不到被媒体曝光隐私的程度，所以那件事并没有影响我的日常生活。但是谣言仍在平静的水面下潜滋暗长，周围反而弥漫着一种莫名其妙的、故意不去触碰那个话题的紧张感。

工作结束后，慎吾一脸天真烂漫地跑过来，像个女孩子一样，滔滔不绝地对我说起最近接演的电视剧和海外的美食。其他工作人员陆续回到各自的岗位上收拾起来。等我们身边没有别人后，慎吾往前一步凑过来，小声说道："你是不是遇到大麻烦了？"

"你听说什么了吗？"

"听事务所的人说的，我可什么都不知道。"

"这样啊。"

"我也不能问你'怎么了''还好吗'这种话。"

"没事，确实是个烫手的山芋，谁也不愿碰。"

"不过一切都还没有定论吧？谁也不知道是怎么回事，不是吗？"

"也可以这样说吧。"

"听说是意外事故，你也是这么认为的吧？"

"我哥哥是这样说的。"

"一定不会有事的。你哥哥一定有很大压力，我知道，因为我经常在机场遇到类似的情况。我虽然不怎么红吧，但也会突然被一大群记者围起来。一开始我觉得只要实话实说，他们很快就散了，没想到他们问个没完没了，后来不管他们说什么，我都只点头。”

“或许是这样吧。”

“那些煽风点火和现在就下定论的人简直太过分了，净给你添麻烦，不能饶了他们！我绝对站在你这边，真的。有什么能帮到的地方，尽管直说。”

“嗯，谢谢。”

“我是认真的。可能帮不上什么忙，但是至少可以陪你说说话啊。”

“谢了，但是这种时候我还真不希望需要你帮忙。”

“哈哈，你说得对。”慎吾大笑着说道，随后朝催促他换衣服的造型师走去。

事务所采编大庭的突然辞职，让谣言愈演愈烈。

莲美溪谷的事发生后，我不得不调整手头的安排，当时大庭没有一句怨言，表现出了感同身受般的担忧，主动替我分担。但是我哥哥被逮捕后不久，她就突然找出一堆理由诸如母亲患糖尿病了、要修房子、要考执业资格证书等，把工作留给一个年轻同事后就辞职了。

大庭工作能力强，外表秀丽，明事理，和我上过几次床，从没提过过分的要求。她很聪明，正因如此她嗅觉敏锐，早早就采取了行动。我就此挖苦过她，她笑嘻嘻地反驳道："你能举出非我不可的理由吗？"

世界在一点点地发生变化。

慎吾说的那番话可能是出自真心，但都建立在我哥哥无辜的基础上。如果杀人罪名成立，他还会站在我这边吗？现在的宁静，是暴风雨要来临的前奏。世界静静地屏气凝神，注视着骰子上的数字。

工作人员都离开了，走廊上的灯光也熄灭了。我边朝出口走，边回头环顾那片被黑暗吞噬的空荡荡的空间。

"如果我被认定有罪，你们该怎么办啊？"哥哥肆无忌惮的笑脸在黑暗中一闪而过。

▲

没有哥哥的家笼罩在一片阴影中，灰尘薄薄地堆积了一层，没有扔掉的垃圾发出阵阵腐臭味。

父亲决定不去法庭了，我和伯伯都表示赞成。

如果这件事的主角是我，父亲就不会这么难过了吧？对人施暴、说谎、否认说过的话、被别人指责，这些事我都在父亲眼皮底下做过很多次，或许他很早就看穿了我的谎言。如今，做出这些事的人是哥哥，父亲还不太适应，只能慢慢接受和相信哥哥的言行。在我眼里，可怜的父亲就像在相扑赛场上被哥哥摔倒的纸相扑[1]力士。

不可思议的是，父亲开始事事依赖我，包括让我代他和伯伯相处。父亲本是话那么多的一个人，现在却时常沉默不语。一种顶梁柱腐朽了的不安袭扰着我。可我是一个多么靠不住的人啊！

父亲没法再攻击我，只能用光好不容易才积攒下来的力气，将不安和不满发泄到住在我家的伯伯身上。我以为身经百战的伯伯一定不会和父亲计较，没想到他竟然丝毫不让步，吵得面红耳赤。我不禁想，伯伯对我们兄弟间的关系嗤之以鼻，但他和他弟弟之间又何尝不是这样？

那天晚上伯伯最终还是留了下来。父亲先睡下后，伯伯有些坐立不安。我们两个在这个家里“住不下的人”面面相觑，这种感觉有些奇妙。我们穿着家居服对坐着，彼此都有些难为情。

“不管怎么说，您留下来我就放心了。我爸那种人，外强中干。”我说着，朝二楼走去。

---

①一种游戏。用纸片做成两个相扑力士放在台上，借由震动让两个力士做出类似摔跤的动作。

“你最好别再回来了。”伯伯低声说道，没有看我。

“我没关系。”

“这样啊。我不是不让你回来，但是你要有心理准备。”

正在上楼梯的我不太懂伯伯想说什么，停下了脚步。

“我是辩护人，也是你的伯伯，让我来处理这件事就好。”他抬头看向我，勉为其难地挤出一个笑容。

第二天早上，我从行李中取出一个沉甸甸的装有现金的信封，之前它和智惠子的工作服一起被装在川端阿姨给我的纸袋里。寄件人一栏棱角分明的字迹乍一看像我写的，其实是父亲的笔迹。后来我查了日期才知道，哥哥刚被逮捕，信就寄了出去。

父亲没和伯伯商量就贸然寄出了信，真是愚笨，他的举动反而会搅乱川端阿姨的心。但他不得不这样做。

父亲已经换上了工作服，在院子里拧刚洗好的衣服。

“伯伯呢？”我问。

“已经走了。那家伙早上吃了三大碗饭。”父亲背对着我答道。他好像有些难为情，声音也比往常小了不少，记忆中他从来没有这样说过话。虽然洗好的衣服皱巴巴的，没有抚平就被胡乱地斜挂到了衣架上，但他动作娴熟，没有一丝犹豫。

我走过去，将信封递给父亲。“川端阿姨偷偷把这个塞在了给我的纸袋里。”

父亲沉默着点点头，接过信封直接放到了口袋里。

“改天一起去给智惠子上香吧！”

父亲没有回答，转身背对着我，又开始拧衣服。

“智惠子生前有没有什么喜欢的东西？我下次带回来。嗯……酒怎么样？我不知道她喜欢什么。”

父亲拧着衣服，鼻子里发出一声无力的笑，答道：“还带酒，你这家伙口味变了吗？”

“什么？”

“智惠子喝啤酒一杯就倒，和你一样。”

衣服在朝阳的照射下闪烁着炫目的白光，晃得我睁不开眼。我想起了那天晚上哥哥一边耐心地叠洗好的衣服，一边对我说的话。

我中计了。哥哥给我设了一个圈套。

眼前的世界摇摇晃晃的，令我有些头晕。坐在榻榻米上的哥哥弓着的后背浮现在眼前。他背对着我，静静微笑，侧脸笼罩在黑暗中，但我回想不起那张脸了。我只看到他叠衣服的双手被油渍染得乌黑。

“简直难以置信，我总在想，一切要是一场梦就好了。我家人也都很受打击。”背对着我坐在证人席上的哥哥就像一只生了病的老鼠。他身上的囚服领子有点变形，脏污不堪。

“川端智惠子和你的家人很亲近吧？”伯伯那如演员般响亮的声音响彻整个法庭。

“是的。我们从小就认识，四年前她开始在我家的加油站干活。”

“嗯，她工作认真吗？”

“她是个非常认真的人。”

“她经常遵照你的指令行事吗？”

“‘遵照’谈不上，我家加油站规模很小，没太多事需要做。但她确实很温顺，也很细心，所以我经常会让她帮忙。”

“‘温顺’又‘细心’的智惠子和别人有过分歧、起过争执吗？”

“没有，我认为这种事几乎没有发生过。”

“那么说回在吊桥上的时候，当时你认为她身处危险中，所以想阻止她，对吧？那她为什么会拒绝你呢？”

哥哥沉默不语。

“她对你说什么了吗？”伯伯像在和幼儿说话一样弯下腰，“如果记得，试着准确地说出来。”

哥哥像是哪里发痒似的扭了扭身子，然后低头发出蚊子嗡嗡作响般的声响。“不要……”

“嗯？什么？再说一遍。”

“她说‘不要，别碰我’。”

伯伯眉头紧皱，努力压抑着不断涌上来的愤怒，继续道：“你碰她的胸部或臀部了吗？”

“没有，我只碰她的肩膀了。”

“肩膀？只碰到肩膀就让她产生了那种反应？在那之前你碰过她的身体吗？”

“没有，我记得没有。”

“请你如实告诉我们，听到她的话后，你是什么感觉？”

“怎么说好呢……她居然认为我意图不轨，我觉得很可悲，突然讨厌起她来。”

我偷看了一眼坐在远处的川端阿姨，她捂着嘴巴，低头极力忍耐着。

“那之前发生过类似的事情吗？”

“没有。”

“你认为智惠子为什么会有那种反应？”

“我不知道。”

“我问完了。”

接下来轮到检察官提问。他似乎想缓和紧张的气氛，一改之前的模样，温柔地问哥哥：“被女性认为‘意图不轨’

是一件很麻烦的事，我也经常因需要查验那方面的证据而困扰。对了，你是单身吗？”

“是的。”

“你三十五岁了，有结婚的打算吗？”

“没有。”

“你考虑过让智惠子当另一半吗？”检察官像娱乐记者一般言语恶俗地继续咄咄逼人，“她也是单身，而且马上就要二十九岁了，在本地人眼中也到了差不多该结婚的时候了。你每天和她朝夕相处，基本上已经把她当家人了吧？智惠子人也不差，你就没有想过娶她吗？周围人也是这么想的吧？”

哥哥低着头，耳根通红。“这种事也要看川端女士是什么想法……”

“我现在是问你的想法！你对她有好感吧？”

我很不舒服。三十多岁的哥哥在大庭广众下被人问及隐私，一想到他的感受，我就浑身发抖。

检察官还在继续追问，就像是要将朋友的秘密都打探出来的中学生。“说实话吧！”

“嗯……好。”

“有没有把她看作异性？”

“什么？”

我不忍再看，将视线从哥哥身上移开，这时才多少明白伯伯说的“你要有心理准备”是什么意思。

“你表白过吗？”

“没有。”

“为什么?！”

哥哥做了一个深呼吸，似乎在表示决不屈从。“我不受女孩子欢迎，万一表白被拒，我们之间会很难继续相处。”

“但是你们关系很好，不是吗？”

“是倒是……”

“连这份自信都没有吗？”

“那和喜欢还是不同的吧……”

“一对众人艳羡的完美夫妻未必就是他们展现出来的那样,有点自信吧！”检察官快把整个身体都贴到哥哥面前了，他说完这句话后，稍稍直起上半身，故意轻轻咳嗽了一下，又继续说道，“我手里的十七号证据是被害人的尸检报告。”他不再使用刚才那种过分亲昵的语气，“和死因相关的种种暂且不表。从被害人阴道中检测出少量精液残留，应该是事发前一天留下的。DNA 检测结果显示与被告人不匹配，也就是说被害人曾在事发前一天与并非被告人的男子发生过关系。被告人，你听到了吗？你知道那个人的存在吗？”

伯伯当时想说却没说出口的就是这件事，他一定猜到了“并非被告人的男子”是谁。

“你知道她与别的男人发生了关系，所以和她疏远了，对吗？”

“……”

“是吗？你知道了那件事，忌妒不已，怒火中烧。虽然智惠子有自由恋爱的权利，但你的反应还是让她很有压力，是吗？你说话啊！”

哗哗的水流声在脑中回响。

原来是这样。哥哥察觉到了我和智惠子的事，知道我们上床了，但什么也没说。他一直都很忌妒我，也一定知道我过去曾和智惠子交往。从小他就喜欢智惠子，对她十分温柔。我对智惠子没感觉，但因为一个称不上理由的理由——只是觉得她有些可爱——就得到了她，哥哥为此很受打击。后来我抛弃智惠子去了东京，又与家人疏远，这对哥哥来说成了一个绝好的机会，让他有机会扮演救世主一角，将智惠子带到了加油站。

想必哥哥很满足吧？他拘谨寡言，没太多欲望，别说求婚了，估计连一句甜言蜜语都没对智惠子说过。随着年龄增长，智惠子越来越害怕，但她无处可逃。这也是哥哥布下的机关。

哥哥一定在等智惠子这颗永远不会被别人碰的果实越

来越成熟，直到散发出腐烂的味道。他太狡猾了。不去战斗，不去受伤，连胜利都不想去争取，只等着吸干从树上掉下来的果实汁液活下去。哥哥这种逍遥自在的生活不会被别人讨厌和指责，但在我看来是一种怠惰。

智惠子很痛苦，想尖叫，不然为什么会抱紧曾抛弃了她的我？原来这一切都是哥哥设下的陷阱。他试探了我。我太傻太笨，没有意识到，但是智惠子敏感地察觉到了，所以才对我说“在这里待不下去了”“那个人很可怕”。她早就察觉到我哥哥是个可怕的人，可我却没有把她的话听进去，最后把她害死了。哥哥掀起了事端，又把一切都破坏掉，以此来欺骗我。这是哥哥对我的复仇，他对我恨之入骨……

真的是这样吗？哥哥，事实是我想的这样吗？

就算是我的错，就算杀了智惠子……哥哥，我只想知道，你到底是怎么看我的？扑通一声，巨型水花溅起的声音在我的脑海中响了起来。

“不好意思，嗯……我有话要说。”坐在证人席的哥哥低着头小声说道。

我回过神来，盯着哥哥敦实的后背。

“你说。”

“我完全不知道有那么一个人。”哥哥的声音飘忽不定，

“如果她有恋人，那么这件事也会给那个人带去无法挽回的困扰吧……”

“问题不在于这里，而是你怎能没有发现那个人？你们每天都在一起……”

检察官的声音越来越大，但哥哥没有理他，自顾自慢慢站了起来，迅速转向旁听席，深深地鞠了一躬。“我真的，十分抱歉。”

哥哥说完后深深地低下了头，过了很久都没有抬起来。一道道光从他低垂的侧脸旁划过，笔直地洒落到了地板上。

伯伯告诉我们，检方提供不出能证明哥哥有罪的决定性证据了，大家沉浸在胜利的喜悦中。洋平甚至都开始提前在居酒屋庆祝了，虽然被伯伯叱责高兴得太早，但他还是笑着又唱又跳。父亲有些搞不清状况，但明显安心了不少，面露喜色。

我这个弟弟是唯一的目击者，也最了解哥哥的为人。作为确保哥哥顺利脱罪的重要环节，我要好好练习伯伯制定的周密的模拟问答，为下一次庭审做好准备。

哥哥马上就能回来了。

第六章

早川稔的叙述

我不懂什么摄影，真的一点也不懂。

但那张确实拍得不错，你要是看到了一定也会有同样的感觉。是在哪里拍的呢？美国还是欧洲？当时我还想着以后要去一次，最后还是忘记了。

照片里是一片广阔的湖泊，水面波光粼粼，会让人以为是白天，但奇妙的是，天空一片昏暗，像是在夜里。再仔细一看，还会发现湖心漂浮着一条没有人的小船。我不知道为什么它会出现在那里，但它就那么孤零零地漂在那里。不，它不孤单，虽然看起来好像很孤单似的，实际上它很自得其乐呢。

真是一幅不可思议的照片，我很喜欢，曾想把它放大后挂到加油站作装饰。很久以前，我拜托我弟弟猛帮忙冲印一张大尺寸照片，他笑了，说要找找负片，但他还是忘了。

当时我隔着树脂玻璃挡板向他央求道："猛，我想起了那张照片，实在想把它装裱起来挂到加油站，让加油站看起来漂亮些。麻烦你了，算是纪念我获释回家。"

我弟弟眼神黯淡，一味盯着他手边的东西，似乎完全没有听到我的话。接着他抬起头直直地凝视着我的眼睛，说道："说出真相吧！"他的目光中透着悲哀、若有所失的迷茫和不安。很明显，他想从我这里拿走他失去的东西，但也确信无法从我这里拿走了。

他以前可从没有那么认真地盯着我看过，说话的同时还怯生生的。真奇怪，猛居然在我面前表现出这一面。他小心翼翼地凝视着我，仿佛我的一句话拥有决定人生大事的神奇力量。

我很开心，很兴奋，但马上感到很失望。我那个像太阳一般金光闪闪的弟弟渐渐消失不见了。

说出真相吧——

真相就是，我的弟弟不相信我是无辜的。在吊桥上被他突然抱住的时候，我就知道了。他不想成为杀人犯的弟弟。真相就这么简单。

猛大声喊道："简直难以置信！我为什么要怀疑自己的

哥哥？”

我笑着说道：“你这家伙啊，一直就在怀疑我吧？从始至终都没相信过我吧？我不是说你必须得相信我。怎么说你都是我的弟弟，是我的骄傲，是我的珍宝。一直以来，你都太闪耀了。”

他眼睛充血，生气地大叫着，抓起椅子朝我扔过来，然后就走了。那天树脂玻璃挡板可能都破了，他从没对我发过那么大的脾气。

那天，站在证人席上的猛穿着高级华丽的西服套装。我看错了，一定是看错了，那个穿着套装的男子一定是别人，不是我家那个家伙。我想连东京都很少有这样的人吧？

“我发誓接下来的叙述都是事实，发自内心，绝无欺瞒。”猛的声音不高也不低，就像是摸着绵软的腹部发出来的声响。我当时觉得他的声音真好听。

“我的哥哥曾是一个十分善良正直的人。除了哥哥，我没有什么值得骄傲的。我只相信哥哥，只和他关系亲近。但是后来一切都变了。我不像他那样，编不出那么精妙的谎言。从开始到现在，我一直装作什么都不知道，以为包庇了哥哥，就能包庇自己。但是我不想再这样下去了。就算我说的话会让我们兄弟俩决裂，让我们彼此的人生都陷入惨淡的境地，我还是想赌上全部人生说出真相。我想让从前的那个哥哥回来。”

猛在距我座位不到两米的正前方坐下了。那一天，树脂玻璃挡板和法庭上的栅栏都再也不能将我们隔开了，我感受到了他的气息。

伯伯极力想阻止猛，但审判长不允许，转而问猛，真相是什么。

于是猛稳稳地、慢慢地说了起来。“我看到我哥哥在吊桥上逼近了智惠子，他们在摇摆不定的吊桥上互相推搡，后来智惠子被我哥哥推了下去，尖叫着掉入了水中。”

我就像听到了一首小诗。

伯伯从座位上站起来，朝猛探身，示意他停下。

场面有些混乱，一直沉着稳重的审判长也慌了神，提醒注意法庭秩序。

一切就像发生在水中，离我又远又朦胧。我听到的声音也变得模糊不清。四周起了一层薄雾，大家都扑通扑通地掉进水里，只有猛一个人真真切切地在我眼前浮了起来。我当时有种感觉——我们俩是居住在同一片水域的不同生物。

后来，巨大的漩涡慢慢变小，一切沉淀下来，法庭又恢复了平静。

审判长问道："证人，你刚才所述的那段记忆，明确无误？"

猛迅速抬起头直视着审判长。"刚才我发过誓，明确无误。"

柔和的夕阳洒落到我弟弟的侧脸上。不知道为什么，他的脸突然变得十分清晰，不像男人，也不像女人，不可思议地散发着神的光芒。

对了，我突然想起来了。我母亲去世后我在储物间收拾出来一些古老的卷轴画，背叛了我的男人，他长得和画上的观音菩萨一样俊美。

片冈啊，你要是出去了，替我去书店看看那张照片吧，我觉得书店肯定还在卖。那张照片就在写真集的最后一页上。不过你得去大型书店啊。片冈，你要回哪里来着？是名古屋吗？名古屋没有问题。写真集的名字叫"NOD"，不是"喉"啊，是外语。你不知道吧？我也不知道。好像是《圣经》里哥哥杀掉弟弟后被流放的地方。[①]真是因果报应啊，猛真有先见之明。

哎，好像下雪了。你看，窗户那里有一堆白色的东西

①《圣经》中，亚当和夏娃的儿子该隐杀掉弟弟亚伯后，被耶和华放逐到"land of Nod（挪得之地）"。"Nod"和"喉"在日语中都读作"NODO"。

在闪闪发光。

按理说外边该很冷了吧？片冈，你脚疼吗？那我替你揉揉。

真好。再稍微等等，再等等，不用等到春天，你就能回到温暖的家了，不是吗？到时候你一定就能安安稳稳地睡个好觉了。晚安。

第七章

早川猛的叙述

“现在几点了？”编辑青野在电话里告诉我已经快十点了。已经晚上了啊。我在隔绝了外部光线的暗室里一直待着，没有时间概念。“那我现在把洗好的照片拿过去？”我提议。

“现在啊……”青野有些为难地说道。

以前的我会当机立断毫不犹豫地挂断电话，但是现在，我已经失去了“立断”的能力，恭恭敬敬地说道：“那我明天带过去，真是不好意思了。”

青野已和我相熟十年，不介意地回道：“没关系，什么时候拿来都可以。”

我突然意识到，这或许是我的最后一本写真集了。

我找出很久以前的负片，以“追忆”为名做了一个精选集。我再也拍不出好照片了，并不是因为体力不支和水平下降，只是我很清楚，我拍的已经不是照片了。

我害怕的究竟是什么？

成了“杀人犯的弟弟”并没有给我的生活带来太多不便。虽然我的证词使得哥哥锒铛入狱，但世人并没有像我想象中那样猛烈地攻击我。一来事情发生在法庭上那种相对密闭的空间，没有传到太多人的耳朵里；二来几个知情人全都极力称赞我，认为我有勇气和正义感，“说出了真相”。发生过的事成了过眼云烟。

当然，我也曾因此和周围人相处时遭遇过紧张的气氛，关系发生了微妙的变化，但是随着时间流逝，人们慢慢都忘了，谣言也越来越少，到现在基本上没有人知道那件事了。

我和别人的关系发生改变，不是因为那件事，而是我自己变了。从那以后，我的眼睛再也捕捉不到东西了。

我也和父亲失去了联系。

伯伯去年年初突然寄来一张贺年卡，上边只有一句话：

今年我准备歇业了，爱犬死了，我失去了进取心。

我没有回信，也没有回电话。父亲和伯伯在那之后可能有联系吧。

我不是脱离麻烦的苦海了吗？再也没有什么人和事追

着我了，也没有人有求于我了。

对于曾经做过的事，我不后悔。就算成了杀人犯的弟弟，就算成了背叛哥哥的弟弟，就算人人离我而去，就算我的心被腐蚀不堪，我看到的东西都不是假的，我在法庭上说的也都不是假的。那个时候我直面了麻烦，战胜了它。我独自杀掉了那个名叫哥哥的男人。

我将曝光过的相纸浸入药液，等待显影。在等待的过程中，我蹲在暗室的地板上，从久未整理的架子深处拽出一个盒子，盒子里放有我上学时拍过的照片的负片。

在拽盒子的过程中，一个碍事的纸袋被我碰倒，纸袋里边几十个长七八厘米的小方盒子掉到地上，淹没了我的膝盖。小方盒子里有一些八毫米的胶片，我当时直接把小方盒子放到了纸袋里，从来没有看过胶片里的内容。

架子下方，倒落的纸袋后面，放着一台布满灰尘的正方形放映机。它和塞在架子下的杂物并肩而立，与世无争，毫无怨言，被搁置了这么久，却既不羞愧也不害怕，大大方方地朝我看了过来。上边刻着“FUJICASCOPE · SH9”的字样，在暗室微弱红光的映照下闪闪发亮。

那件事已经过去七年了。

就在这时，玄关处传来门铃响起的声音。

我立刻朝放有显影液的平盘中看了一下，超时了，一张表面漆黑浑浊的相纸摇摇晃晃地漂浮在显影液上。

打开门，一个抱着孩子的年轻父亲站在门外。他连连说着“好久不见”点头致意，笑容无忧无虑，门牙格外洁白。

是洋平。

曾经的洋平一头脏兮兮、硬邦邦的黄头发，有些地方因掉色而显得发色不匀，但眼前的他一头深栗色的头发，美观齐整，身上穿的针织衫质地良好。他女儿稚嫩的脸贴在他的肩头。洋平气色不错，脸颊也丰润了些，已经完全是一副成家男人的模样了。我忘记了惊讶和慌张，不由自主地笑了起来。

快四十岁的我在洋平眼中是怎样一番模样呢？

在洋平的邀请下，我在市中心的家庭餐馆和洋平一家吃了顿饭。他说太太要回千叶老家办事，于是他们就开车过来了。

那件事以后，洋平从零工转为正式员工，现在仍在加油站工作。

洋平用纸巾给女儿擦鼻涕，七年前的我简直无法想象这一幕。他的太太很亲切，很快就与我熟悉起来。虽然我们第一次见面，但她极其自然地称我为“猛”，仿佛我们认识很久了，这让我有一种安全感。

洋平让我看到了他的变化，毫不犹豫地将我拉进他们的领地。他们一家人过着一种有根基的生活，不会责难我。面对他们的热情，我完全没有不开心，只是有一种不协调的感觉——他们心有所依，而我正好相反。

我不擅长与孩子相处，倒不是说讨厌，而是完全不知道该怎么相处。孩子就像嗅觉敏锐的猫狗，能察觉到我的弱点，对我有所防备。不可思议的是，洋平的女儿似乎跟我很亲近。她遗传了母亲完美的眼睛，笑起来的嘴形和洋平像极了。

“她喜欢长得帅的人，才这么一点点大都已经懂了。”

“可不是，看到长得不好看的态度就截然不同了。”

“理惠，爸爸和哥哥哪个帅？”

“哥哥。”

“简直不敢相信！这么快就喜欢上哥哥了。”

“这下可糟了。”

刚端上来的蛋包饭还冒着热气，温暖湿润的空气环绕着餐桌。我隐隐意识到洋平为什么来找我，还邀我来这里吃饭。洋平的太太坚持要请客，起身去付账。她离开后，洋平慢慢说起原因：“稔要出狱了。通知上说是明天。他获得了假释。”洋平直视着我，双眼炯炯有神，在等待我应该有的反应。

但是我无法如他期待的那样回应。说谎不是无能的表现，我说谎只是为了保护自己。“那就拜托你了。”我说出了言不由衷的话。

洋平为自己的冒失抱歉，我苦笑了一下。随后他吞吞吐吐地说起我父亲的事。

我的父亲得了老年痴呆，狱中犯人很难和家人以外的人会面，所以自从父亲不去探监后，洋平也无法得知我哥哥的近况了。洋平说我父亲病情好转时也会去加油站，但基本上已经没有办法和人正常交流了。

我的父亲，变成了那个样子。

“所以，你能不能回去……”

我避开洋平央求的视线，挤出一句话：“我做不到，洋平。我不回去，我回不去了。”

“猛，你说的是什么话！他毕竟是你哥哥。”

“我已经不把他当哥哥了，他也一样，而且说不定还很开心呢。”我知道这个和我毫无关系的年轻男人一直以来背负了很多，但是他不明白，我和哥哥的关系已经到尽头了，再修补也无济于事了，那是我们二人对彼此判下的刑罚。就算在法律上制裁七年就够了，但我们给彼此判下了无期徒刑。

“真是不懂，你那个时候不是说想让你哥哥回来吗？为了让他回来却把他送进监狱？”洋平的左脸轻微抽搐着，“我不懂，如果我是弟弟，绝对做不出这种事，我不觉得你做的事是正确的。”

“你就是为了说这个来的吗？”

“你把稔还给我和老爷子！你就那样把他夺走就什么都不管了，你到底从中得到了什么？”他哭了，拼命不让眼泪流下。对我的愤怒和轻蔑让他颤抖不已。

我默不作声。

之前一直乖乖画画的理惠把画好的郁金香递了过来，说道：“你看。”

洋平不耐烦地站了起来，从我旁边的椅子上抱走理惠，带她离开了餐馆。

我没有打车，步行回到家后已经凌晨三点多了。

东京的冬天很冷，从楼宇间吹来的风寒彻骨髓，感觉就连裹在身上的衣服都冰冷僵硬。

自从我的事务所渐渐不再雇用员工后，事务所的起居室就变得和上学时的住处一样杂乱不堪了。我找了各种各样的理由比如我的东西太多、事务所里有暗室等，继续住在事务所，但实际上我越来越承担不起昂贵的房租了。我还没来得及在世人面前炫耀，已经没有人出入我这个像垃圾场一样的房子了。

我想收拾洗好的照片，于是拖着疲惫的双腿，从地板上的外卖比萨盒和乱扔了一地的衣服之间找到下脚的地方，进入暗室。醋酸的味道扑鼻而来，唤醒了我的大脑。打开荧光灯，房间还是我离开时的状态，放有八毫米胶片的小方盒子静静地躺在地板上。我正想扔掉它们，突然看到小方盒子上有母亲的字迹："莲美溪谷的回忆 1980 年 9 月 8 日"。一瞬间我的身体僵硬起来。那是一九八〇年去莲美溪谷玩时的胶片，那时候我五岁。

血液在身体里奔流，体温急速上升。我俯身从架子最深处取出放映机。

放映机开始播放胶片，机器运转的声音比我想象中的要大。咔嗒咔嗒咔嗒，起居室里响起怀旧的声音，被烟熏黄的背景墙上，森林和河流变得鲜活起来。

画面上，一个留着板栗头的男孩挥舞着树枝一样细的胳膊，专心致志地往河中央扔石子。这时，一个年龄更小的留着板栗头的男孩跳进画面一角。

小男孩突然在遍布着卵石的河滩上摔了一跤，然后蹲着一动不动。随后，他慢慢地抬起头来，一脸不开心地哭着，小嘴一张一合，好像在抱怨。

接着我的母亲赶到“小板栗”的身旁。肤色雪白的她穿着有艳丽花纹图案的及膝连衣裙，头发齐肩，蓬松饱满。

小板栗就像迎来世界末日一般哭泣不止，“大板栗”也不再玩投石游戏，走过来蹲下，擦了擦小板栗脏兮兮的膝盖。母亲边笑边抚摩大板栗的头，对他说着什么。

小板栗哭够了，一脸心满意足的表情，朝母亲笑了笑。母亲哭笑不得地看向镜头这边正在拍摄的父亲。

我的脑海中没有这段记忆，但是从父亲手中接过摄像机的母亲拍下的影像中，年幼的哥哥和我分明正在和一个中年男人嬉笑打闹，那个人毫无疑问就是我父亲。那时候他还很年轻，发量也很多，穿着亮蓝色宽松长裤和花纹别致的翻领衬衫，宛若别人。但是那确实是我父亲。

父亲用摄像机拍下了我们兄弟俩跑来跑去的样子。

影像中兄弟俩开心地笑着闹着，正在看影像的我没有怀念的感情，只有不安——我完全忘了，这些场景在我的记忆中是一片空白，这让我觉得可怕。

我一直认为父亲不爱我，而且从没怀疑过这种想法。

大脑一片混乱，难道我按错记忆的按钮了吗？

投映在墙壁的画面上，年幼的哥哥在昏暗茂密的森林中向镜头这边挥手，叫父亲过去。

摄像机拍下的画面开始变得昏暗，哥哥的轮廓瞬间暗沉了下来，唯有胸前白色的东西分外显眼。

是花。

父亲端着摄像机突然靠近了那丛花。我从取景框里看到的那些白色花朵，如今在房间的墙壁上肆意绽放。

那流水的声音，那茂密枝叶掩映下的缝隙，那遥远的吊桥。

年幼的兄弟俩在崎岖不平的礁石上摇摇晃晃地向前走。

哥哥手脚灵活，努力攀爬跟自己身高差不多的巨大礁石，同时不忘向后看一看歪歪扭扭费力攀爬的弟弟。

弟弟伸出胖乎乎的小手。哥哥伸出纤细的胳膊，抓住弟弟的手往上拉，第一次没拉上去，又拉了一次。哥哥紧紧地抓着弟弟，弟弟紧紧地抓着哥哥。

就这样一次又一次，直到我爬了上去。

智惠子在往后退，她的手正好落到了腐朽桥板之间缺失的那一块的位置，向后跌落了下去，我哥哥不顾危险地冲了过去。

我哥哥晒黑的手一下子抓住了智惠子洁白的手臂。智惠子的身体已经离开了吊桥，她紧紧地抓着我哥哥的手臂，但还是一点点、一点点地滑落了下去……两个人的指尖错开了，吊桥上只剩下了我哥哥一个人。他像迎来了世界末日般跪在桥上哭了起来，那副样子和小板栗摔倒哭泣时如出一辙。

墙壁上映出我和哥哥手拉手过桥的身影。

形势发生了逆转，这一次是小家伙在前拉着哥哥，不忘一直回头看，而哥哥单手抓着扶手，一脸惊慌。画面上的我忍俊不禁，慢慢走到了向阳处，脸上的表情看不清了。

破晓的光亮肆无忌惮地照进起居室，一扫之前笼罩着起居室的黑暗。投映在墙壁上的影像开始模糊不清。

我支撑不住了，眼皮在阳光的照射下难以睁开，任由自己深陷在垃圾堆般的地板上，越陷越深。

大家都看得很清楚。一直到最后，我都在争抢，而哥哥就是被我抢了的人。

人生之河流淌，万事虚幻又无常，只有河上的窄桥确实存在。事到如今我才终于看清，那个从桥上失足落下的人是我。

市中心的小鸟在啼鸣，宣告清晨的来临。

我想就这样放松地躺在垃圾堆中，任由身体变得冰凉，直到世界尽头，但是慢慢升起的朝阳毫不留情地让我的身体暖和起来，告诉我逃不开的每一天都会来临。我被怂恿着站了起来。

难道我又犯错了吗？谁也不会原谅我了吧？就算错了，就算失去了，活到现在的我仍然不知道除了再一次伸出手大叫以外还能做些什么。

腐坏的桥板重新焕发生机了吗？朽烂的扶手还在勉强维系吗？

那座吊桥还在吗？

户外停车场的福特车被放在那里很久了，表面结了一层霜，好像化了入殓妆。我迫不及待地钻进车里，车内的寒气令我瑟瑟发抖。已经七点多了，距离哥哥出狱还有一个半小时。我的眼前一片朦胧，鼻涕狂流不止。

我插入钥匙扭了一下，想发动引擎，轰鸣声响起又停下，外表气派、声音奇怪的美系车发脾气了。我用力打了方向盘几下，上学路上的女高中生看到我这个心情不好的中年男人，强忍着笑意。

唉，真狼狈，简直是惨不忍睹。

不过就算这样也没关系。引擎快点发动起来，帮帮我，帮我这一次。

第八章

冈岛洋平的叙述

橡胶软管里流出的水几乎快要冻住了，我整只手冻得通红，手中的海绵被完全浸湿，但海绵芯还没冷透，残留着余温。

昨天我第一次打了女儿。

我曾对很多人挥过拳头。打架没什么大不了的，被打也一样。被人打脸说明那人愿意和你交朋友。不过这都是很久以前的事了。我第一次被打却没有还手还笑着迎上去，是面对早川稔的时候。他改变了我，让我重获新生。失去他后，我一直拼命守护着新的人生，但身体里流淌着我血液的年幼无力的女儿，让我的努力毁于一旦。

昨天妻子看我没有和猛一起回到车上，一开始什么也没说，后来小心翼翼地问了一句："拉上他吧？"

我断然拒绝，发动了引擎，在开动之前又看了一眼家庭餐馆的大门，没有看到猛追出来。最后我们一家三口上了路，副驾驶席上没有坐人。

夜里的东京灯火通明，一辆辆汽车呼啸而过，我只想赶紧离开这霓虹闪烁的街道，于是又踩了一脚油门。

坐在儿童安全座椅上的女儿嘟囔起来。"爸爸，我有东西落在餐馆了。"

"什么东西？把什么东西落在餐馆了？"妻子问道。

女儿沉默片刻后开口说道："什么也没有落下。画画书在呢，奶奶给我买的玩具，被妈妈拿着。"

"你有想要的东西吗？"

"想要的东西？"

"餐馆里有你想要的东西吗？"

"什么？玩具什么的吗？"

"嗯。"

"理惠看见什么玩具了吗？"

妻子又问是什么样的玩具，但女儿只说了些"可爱的""戴着头花"之类没头没脑的话。那个时候我已经开着车在东京的街道上飞驰了。

“爸爸，爸爸，我想去餐馆！”女儿大声说道。

“太晚了，该睡觉了，我们得回家了。”

“不！”女儿不让步。

这种感觉很奇怪。女儿从来不会这么不讲道理。带她去一个地方后，一开始她会很兴奋，在得知那是什么地方后，她就会表现得比同龄孩子更有自控力。我的孩子怎么会这样？我觉得很不可思议。

我安慰女儿道：“我们再找一个一样的。家附近有一家同样的餐馆，下一次我们去那里找一个。”

但女儿仍旧不理会，表现得越来越焦躁。车子笔直地驶入高速，通过收费站。

“我们已经开上速度很快的路了，不能往回返了。理惠，好奇怪哦，你一直是个好孩子，今天怎么了？怎么会说出那种话呢？你告诉爸爸是怎么了，爸爸就考虑考虑。”我故意说道。

但女儿不管不顾，反抗的情绪越来越激烈，大声嚷道：“回去，回去，从速度很快的路上下去！”说着两只小脚踢来踢去，使劲蹬我系的安全带。

“理惠香！”妻子大喊。

与此同时，我打开转向灯，行驶到应急车道上急刹车停下，然后下车，打开后车门。“喂，出来！那么想回去的话你自己回去！”

女儿突然大哭起来。我解下儿童安全座椅的安全带，伸出手抱她，但她的小手紧紧抓着我的手臂反击，边哭边喊：“坏蛋！坏蛋！坏蛋！”

我明白，女儿想要的不是什么玩具，而是目睹了我和猛发生冲突而担心。她感觉到了我很失落。但我还是将右手从她的小手中抽出来，朝她软乎乎的左脸打了过去。

“洋平！”坐在里侧座位上的妻子探过身来。她只有在准备和我说重大的事情时才会直呼我的名字。

我站在开着的车门旁一动不动，然后回到驾驶席上，猛踩油门把车开回了家。

一路上，我浑身颤抖，想到很多事。过去那个我又要回来了吗？我也成了会伤害家人的人了吗？

我变成了和死去的父亲一样的人，变成了孩子想让我死的那种人。

妻子不是在拳脚相加的环境中成长起来的，本来我以为，没有经历过暴力的人在施暴者面前会害怕、会慌乱，但是妻子很沉着地将扣在女儿腹部的安全带解开，把那个似乎变回婴儿那么大的小小身体抱到膝头安抚。

“理惠啊，你要听爸爸的，从这里走回去吗？”

哇哇大哭的女儿在妻子的膝头上抹着眼泪摇了摇头。

“不呀？那你只能放弃了呢。”妻子边说边看向我这边，用眼神示意我。

我蹲在女儿面前，女儿不想从妻子身上离开，犹豫着要不要来找我。我也有些害怕，不敢主动伸出手。

后来，妻子和女儿耳语一番，鼓励她过来。

接着我小心翼翼地将浑身僵硬的女儿接过来抱住。“对不起，爸爸不会再这样了。”

女儿哭得更厉害了，但身体慢慢放松了下来。“但是爸爸也放弃了。”

风吹着女儿丝绸一般的头发，缠住了我的手指。

我和妻子是奉子成婚，那是稔坐牢一年半后的事。

那件事后，老爷子变得沉默寡言，后来越发不爱说话了。智惠子死了，稔进了监狱，我不知道该怎么办才好。说实话，看到老爷子一蹶不振的模样，一开始我曾感到过一丝痛快。但是，这些事就发生在我身边，我却因为和他们没有血缘关系，无法让哪怕一件事好转起来，慢慢感到一种无法言说的空虚。所有一切都冷冰冰地消逝而去，可我能做的只有接受。本来早川加油站由一个能干的儿子和一个可能会成为他妻子的人支撑起来，后来却只剩下了我和老爷子两个人。老爷子在失去儿子后衰老的速度令我害怕，而我能做的，只有尽力扶着他走下去。

老爷子很开心能看到我结婚的这一天。我老爸和我已经过世的老妈没有什么亲戚，所以在结婚仪式上，我让老爷子坐在了亲友席上。小小的镇子上没什么像样的场地，也没有多好吃的食物，除了婚纱外妻子也没有敬酒服，但我感到了微小的切实的幸福。

我摸着女儿的头发，回想起过去的事。为什么那对兄弟无法拥有这般微小的幸福？我错误百出的人生和他们所谓“认真度过的人生”到底哪里不一样？如今妻子又怀了一个孩子，将来的某一天，某些模棱两可的事情会不会也让我陷入痛苦可悲的境地，余生都摆脱不了？我光是想想就觉得可怕，再一次紧紧抱着枕在我臂弯的软乎乎的女儿。

清洗剂黏糊糊的白色泡沫从顾客的车窗上流了下来，我的脸映在水流过的车窗上，显得摇摆不定，一副老态。

周围很安静。两年前小镇开通了一条主干道，加油站前道路上的车明显减少了。以前的这个时候是通勤高峰期，四周都是汽车的引擎轰鸣声和穿梭其中的自行车车铃的声音，如今只有沿着车身滴到脚边的水滴声回响在加油站。那个会说“鸦雀无声”的家伙，会这样形容现在的状态吗？唉，现在这里能交流的人，只有比我还笨的打零工的同事了。

身后传来噗噗噗的声音，是汽油没有完全燃烧时的排气声。这个顾客的引擎过热了吗？

等等——

我确信是它。那沉重的、地动山摇的引擎轰鸣声是……

我回头看去。

都成这样子了啊，在东京开不了了吧？这是一辆一九六四年款的纯白色“猎鹰”敞篷车。

庞大笨重的车体上下左右摇晃，以比自行车还要慢的速度徐徐而来，让我想到妻子快生女儿理惠香时的样子。车子在离我三十米的地方熄火，发动机罩上冒起一缕白烟，借助坡度勉强开了过来。

我抬头看了一眼加油站的钟表。

我不知道能不能赶上……不，一定能赶上。

我喊着零工的名字，把还在滴水的橡胶软管递给他。

猎鹰慢吞吞地开到加油站前的人行道上，吐完最后一口气，停在了那里。猛似乎在对我说着什么，但已经跑起来的我听不清。加油站一角停着一辆送货用的轻型卡车，我飞快地跳到车里。

轻型卡车响起高昂的引擎声。猛把猎鹰丢到一边，来到副驾驶席上。他还没坐稳，我就踩下了油门。不知道我们加油站的笨蛋们能不能把猎鹰移到合适的位置。

多亏有了主干道，我们现在行驶的这条路上基本没有其他车，想开多快就能开多快。我比较熟悉路况，找了一条近道。我们驾着车穿过镇子，穿过没有树木甚至没有枯草的田地。车子车身轻薄，以九十公里的时速在加固过的凹凸不平的田间小道上，伸展着自己的身体，大幅摇摆，就像游乐场的飞车。半路上遇到从地里回来的大叔，差点撞上。拜托了，请任何人都不要挡道。

我和猛没有说话，两个人都面向前方，听着轻型卡车狂怒般的轰鸣声。我知道他不时在看手表。快要到稔出狱的时间了。我必须帮这个忙，让猛能赶上接他哥哥。刚才浸在水中麻木的手心现在冒起汗来，有些难以掌控好方向盘。

监狱的大门口平静如水。

难道是记错日子了？那些人真的会从这个门里出来吗？我越来越不确定。

一个负责守卫的男人越过栅栏，我向他描述了稔的外貌特征，但是他似乎完全没有印象，只告诉我今天出狱的人已经都走了。我感到无所适从。最后，他说了一句“没什么事了吧”就离开了。我很想大声问他：“你看守了这个人七年，什么都不知道吗?! ”但看到他身上穿着一般保安穿的制服，便没再多说什么。全身被汗水浸湿，在北风的吹拂下更觉得寒冷刺骨。

我回到卡车上，副驾驶席上的猛直直地盯着前方。

“我们错过了，稔可能已经回去了。我打个电话，老爷子应该在家。”

“不用了，不好意思，太感谢你了。”他冷静地说道。

这个人说话的语调，让我想起他的哥哥。

我不知道我们回到加油站后能做什么，虽然不知道还能去哪儿，但显然没有理由继续留在这里。我缓缓地发动了车子。

我边开车边偷看副驾驶席上的猛。

在上午阳光的照射下，他的脸看上去比昨天夜里在家庭餐馆见到时多了些皱纹，让我联想起长时间日晒雨淋后墙皮脱落斑驳的老建筑。岁月不饶人，还是说岁月饶不了这样的人？是否已经没有人能阻止这个男人继续枯败下去？

猛宽大的手掌突然按住了我握着方向盘的左手。“停一下。”

左前方有一条宽阔的马路，路口的绿灯亮了，我打了左转向灯正准备加速驶入。

猛的手劲很大，方向盘马上就要脱离我的控制。

“等等。”

“洋平！”

我不知道发生了什么，猜想他可能看到了稔，于是左转驶上马路后马上靠边把车停了下来。

猛下了车，朝车尾的方向飞奔而去。

我也赶紧下车，朝他奔跑的方向远远望去。

马路对面的人行道上，一个留着中学生般寸头的男人抱着一个大行李包，脚步轻快地往前走，离我们越来越远。

那是稔吗？

猛毫不犹豫地朝男人前行的方向跑去，边跑边朝男人大喊：“哥哥！哥哥！”

马路上疾驰而过的汽车的轰鸣声盖过了猛的喊声，男人没有听到，仍旧不疾不徐地向前走着，只留给我们一个小小的背影。

来往的车辆络绎不绝，猛找不到空隙过马路。他又喊了一声“哥哥”，男人迅速地回头朝这边看了一眼。

我还是看不清，那是稔吗？

男人没有停下，反而突然逃也似的小跑起来。马路对面的车道上，一辆目的地为客运总站的公交车在缓缓地向前行驶。

男人急匆匆地赶到公交站，朝公交车稳稳地伸出左手。

马路这边的猛在狂风中摆动四肢加速跑了起来，和我刚才看到的上了年纪的男人判若两人。“哥哥！哥哥！”这声音连离他们有一段距离的我都听得清清楚楚，为什么传不到马路对面的男人耳中呢？我焦急不已，但只能站在轻型卡车后边远远地看着。

从猛的声音里能听出他有些沮丧，但他仍旧拼命不停地喊着。

猛终于追到了男人正对面的位置，相距如此远我似乎都能听到他猛烈的呼吸。他声嘶力竭地大喊，声音都沙哑了。“哥哥，我们回家吧！”

有两辆车突然制造出一个空隙，公交站牌下的男人终于看向正前方。这下我确信了，公交站牌下的男人正是哥哥，他对面的人是弟弟。

我看到抱着大行李包的哥哥朝弟弟微微笑了笑。

然而来不及让人喘息，公交车已在哥哥面前缓缓停下，将兄弟二人隔绝开来。

图书在版编目（CIP）数据

摇摆 /（日）西川美和著；崔健译．-- 北京：北京十月文艺出版社，2019.3
ISBN 978-7-5302-1885-3

Ⅰ．①摇… Ⅱ．①西…②崔… Ⅲ．①长篇小说－日本－现代 Ⅳ．①I313.45

中国版本图书馆 CIP 数据核字（2018）第 230680 号

著作权合同登记号 图字：01-2018-4224

摇摆
YAOBAI
（日）西川美和 著
崔健 译

出　　版　北京出版集团公司
　　　　　北京十月文艺出版社
地　　址　北京北三环中路 6 号
邮　　编　100120
网　　址　www.bph.com.cn
发　　行　新经典发行有限公司
　　　　　电话（010）68423599
经　　销　新华书店
印　　刷　北京盛通印刷股份有限公司
版　　次　2019 年 3 月第 1 版
　　　　　2019 年 7 月第 2 次印刷
开　　本　850 毫米 ×1092 毫米　1/32
印　　张　6
字　　数　110 千字
书　　号　ISBN 978-7-5302-1885-3
定　　价　45.00 元
质量监督电话　010-58572393
如有印装质量问题，由本社负责调换。